Aisling nó Iníon A

Éilís Ní Dhuibhne

Cois Life
2015

Sonraíocht CIP Leabharlann na Breataine. Tá taifead catalóige i gcomhair an leabhair seo ar fáil ó Leabharlann na Breataine.

Tá Cois Life buíoch de Chlár na Leabhar Gaeilge (Foras na Gaeilge) agus den Chomhairle Ealaíon as a gcúnamh.

ISBN 978-1-907494-49-9

Íomhá chlúdaigh: Fiona Hanley

Dearadh agus clóchur: Alan Keogh

Clódóirí: Nicholson & Bass

Clár

Turas beag go Londain

Is iontach an rud é a bheith in eitleán. A luaithe a ardaíonn na rothaí den rúidbhealach, éalaíonn tú ón ngnáthshaol. An talamh thíos fút, áit a bhfuil an chuid eile den chine daonna gaibhnithe. Sula i bhfad níl i do shráid dúchais, do chathair dhúchais, do thír dhúchais, ach mar a bheadh bréagáin. Féach ar na bóithríní beaga ag sníomh anonn is anall ar nós ribíní! Na foirgnimh mar thithe bábóg! Na daoine féin níos lú ná cuileoga!

Tá tú ag eitilt, ar nós iolair, ar nós dé, os cionn na nithe beaga sin ar fad. Agus, dá bhrí sin, braitheann tú cumhachtach, agus saor, agus sona.

Ní féidir leat mórán a dhéanamh ar eitleán seachas an t-am a chur isteach go dtí go sroicheann tú ceann scríbe. Ní bhíonn tú i dteagmháil leis na daoine ar an talamh agus ní féidir leo cur isteach ort (má mhúchann tú do chuid giúirléidí leictreonacha). Suite i do shuíochán, aeróstaigh ag teacht chugat anois agus arís le sólaistí nó ag breathnú ort féachaint an bhfuil tú socair compordach, ní mór idir do chás agus saol breá naíonáin i gcliabhán. Gan aon rud le déanamh ach luí ansin ag feitheamh ar dhuine éigin le freastal ort. Níl le déanamh agatsa ach suí ar do sháimhín só, mar an gcéanna.

Chomh maith leis sin, tá iontas ag baint le bheith in eitleán. Fiú amháin sa lá atá inniu ann, braitheann tú go bhfuil draíocht éigin ar siúl agus tú ag taisteal go tapa os cionn dhromchla an domhain. Is mar sin a bhraitheadh Aisling i gcónaí agus í ag eitilt.

Go dtí anois. An mhaidin áirithe earraigh seo.

Ní mar a chéile aon dá thuras.

''Bhfuil tú ceart go leor anois, a chroí?'

Labhair an t-aeróstach go cineálta ach scrúdaigh sí Aisling go fiosrach. Sliseog girsí, gan inti ach cipín, súile móra scanraithe ina haghaidh mhílítheach.

Thuig sí an scéal.

Ar ndóigh. Conas nach dtuigfeadh? Ní inniu ná inné a thosaigh sí ag obair ar an eitleán seo – aeróstach a raibh taithí na mblianta aici. Ba shine í ná máthair Aisling.

Mhothaigh Aisling tinn. Tinn tinn. Chuir sí amach agus an t-eitleán leath bealaigh idir Baile Átha Cliath agus cósta Shasana. Bhuel, d'fhéadfadh sé tarlú d'aon duine. Bhí an eitilt suaite go leor, uafásach agus iad os cionn na sléibhte. Scanradh an domhain ar roinnt de na paisinéirí, ise ina measc. Chuir an fear óg a bhí ina shuí taobh léi, fear gnó agus culaith liath air, a lámh go cneasta ar a gualainn.

'Ná bíodh faitíos ort,' a dúirt sé. 'Ní baol dúinn.'

Is ansin a chuir sí amach. Gach rian den dinnéar a d'ith sí aréir sa bhaile i gCluain Tarbh. Ní raibh bricfeasta ar bith tógtha aici. Bhí sí ina suí ag a ceathair a chlog le bheith ag an aerfort in am don eitilt ag a sé. Ba shaoire i bhfad é ná ceann ar bith ag am áisiúil.

Chomh luath agus a thosaigh sí ag cur amach, chuir duine éigin – an fear sin – mála faoina smig. Agus tháinig an t-aeróstach i gcabhair uirthi le tuáille, agus deoch uisce.

'Tá an suaitheadh go holc,' ar sise. 'Is é an t-iontas nach bhfuil leath na bpaisinéirí breoite!'

Ach ní raibh.

Ní raibh tinn ach aon duine amháin.

***

Ba é an rud deas ná, tar éis di cur amach, gur airigh sí go maith arís. Sin mar a bhíonn. Is i ndiaidh gach tubaiste a thagann an ghrian amach nó rud éigin ... thuas seal, thíos seal.

Amach léi as an eitleán agus fuadar fúithi. Síos trí na pasáistí úd atá ar nós poill coininí. Ní raibh ach mála beag láimhe aici agus ní raibh aon duine ag seiceáil pasanna anseo i Londain. Níorbh fhada go raibh sí ag lorg an stáisiúin traenach agus traein a thabharfadh isteach go lár na cathrach í.

'Take the Stanstead Express train to Liverpool Street Station. Change onto the Underground and take the train to Ealing Broadway. Outside the Station take a taxi (c. £5) to Ealing Centre.'

Bhí sí i Londain uair amháin cheana. Í féin, Mam agus Daid agus a col ceathar, Oisín, ar chúis éigin – toisc go raibh a thuismitheoirí ag colscaradh ag an am, b'fhéidir. Rinne siad na rudaí go léir a dhéanann gach duine. Chuaigh siad go dtí Músaem na Breataine agus an V&A. Madame Tussauds. Cheannaigh siad bréagáin in Hamleys. Fuair sise inneall fuála beag a d'oibrigh i gceart cosúil le ceann mór, agus fuair Oisín bosca mór de rud éigin a bhí cosúil le Lego. Connects? Chuir siad fúthu in óstán. Níor chuimhin léi an t-ainm. Rud éigin *-gate*. Caithfidh gur thaistil siad i dtacsaithe ach bhí siad ar an traein uaireanta agus ar na busanna deasa dearga chomh maith. Ní raibh cuimhne ar bith aici conas a fuair siad na ticéid. Bhí sí deich mbliana d'aois ag an am sin; lig sí do Dhaid agus do Mham na socruithe go léir a dhéanamh agus ní raibh dualgas ar bith uirthi féin. Níor ghá di eolas na slí a bheith aici mar bhí treoraithe aici. Agus nuair a bhíonn treoraí maith agat is minic nach bhfoghlaimíonn tú aon rud. Ní fhoghlaimíonn tú conas aire a thabhairt duit féin agus do shlí a aimsiú go dtí go mbíonn tú i d'aonar, ag brath ort féin.

'Take the Stanstead Express.'

D'aimsigh sí an stáisiún. Bhí na comharthaí go maith ag an aerfort. Bhí sé furasta an ticéad a fháil agus an traein cheart a aimsiú – ní raibh an oiread sin traenacha ag dul tríd an stáisiún agus bhí gach duine ag dul sa treo céanna, go Londain.

'At Liverpool Station change to the underground and go to Ealing Broadway.'

Is fusa a rá ná a dhéanamh.

Cá raibh oifig na dticéad? An raibh oifig ann nó an raibh ort ticéad a cheannach ó mheaisín? Cá raibh an traein faoi thalamh?

Na sluaite daoine ag rith timpeall, deifir orthu ag rith chun traenacha a fháil, ag rith amach as traenacha, ag rith síos staighre agus suas staighre agus i ngach aon áit.

Mhothaigh sí tinn arís. Mhothaigh sí chomh beag le cuileog. Mhothaigh sí ar nós cuileoige a bhí i mbaol. Soicind ar bith, d'fhéadfadh lámh nó cos í a phlúchadh agus deireadh a chur le gach rud.

Bhreathnaigh sí ar an gclog mór ar bhalla an stáisiúin. Fiche chun a naoi. Bhí coinne aici ag a deich.

'*Just take the tube from Liverpool Street to Ealing Broadway*,' a dúirt an bhean, nuair a cheistigh Aisling í an tseachtain seo caite.

'*Just*.'

Nuair a chuala sí na focail sin, ghlac sí leis go mbeadh sé an-simplí é sin a dhéanamh. Go mbeadh sé cosúil le tuirlingt ón DART i Stáisiún an Phiarsaigh agus DART eile a fháil ar an taobh thall den ardán. Ní mar a shíltear a bhítear. Bhí na mílte iarnród anseo, fiche ardán. Ní raibh tuairim aici cá bhfaigheadh sí an traein faoi thalamh. Ná ticéad.

Bhreathnaigh sí ar thraein mhór mhillteach ag tarraingt amach as an stáisiún. An Eurostar. Bhí a fhios aici cá raibh sé sin ag dul. Go Páras na Fraince.

Bhuail taom í. Nach mbeadh sé go haoibhinn a bheith ar an traein sin, ag dul go dtí an Fhrainc ar saoire. Le duine éigin deas. Sara. Daid. A máthair, fiú amháin. Bheadh gliondar ar a croí mar a bhíodh de ghnáth agus í ag tosú amach ar aistear ar bith. Caife agus *croissant* don bhricfeasta. An traein ag gluaiseacht ar ardluas trí chathair agus bhruachbhailte Londan, síos trí na páirceanna go Dover – go dtí an tollán. Faoin bhfarraige agus ansin, an Fhrainc.

Bhí ocras uirthi. Ocras agus uaigneas agus scanradh.

Ní raibh sí ag dul go dtí an Fhrainc ar saoire. Bhí sí ag dul faoi thalamh, i ngan fhios d'aon duine. Bhí sí ag dul go Ealing Broadway. Dá bhféadfadh sí an t-ardán ceart a aimsiú, agus an tiúb cheart, agus an stáisiún ceart nuair a bheadh ceann scríbe bainte amach aici.

Na teaghlaigh mhaithe

Cónaíonn Aisling lena mam agus – anois is arís, nuair a bhíonn sé ann – a daid, agus a gcat, Ibsen, i gCluain Tarbh. Níl radharc acu ar an bhfarraige ach faigheann siad boladh an tsáile nuair a bhíonn gaoth anoir ann. Agus nuair a bhíonn an ghaoth láidir a dóthain cloiseann siad na tonnta ag canadh. Thairis sin, is ceantar deas ciúin é. Ciúin agus deas agus compordach. Crainn ar an gcosán mar scáth acu, crainn sna gairdíní, crainn sa pháirc ag bun na sráide. Tá teach mór acu. Bíonn Daid ag gearán faoin gcáin ard atá air.

'Nach cuma!' a deir a máthair, go gealgháireach. 'Tá an t-ádh orainn go bhfuil an teach álainn seo againn. Is aoibhinn liom é.'

Bhíodh máthair Aisling gealgháireach i gcónaí. Dóchas ard ina croí ó mhaidin go hoíche. Bí ag gáire agus beidh an saol mór is a bhean ag gáire in éineacht leat. Sin a chreid sí.

Bhí siad compordach.

'Nílimid saibhir,' a dúirt sí, nuair a chuir Aisling an cheist seo tráth. '*I mean* nílimid saibhir-saibhir.' Bhí cailín ina rang i ndiaidh a rá le hAisling go raibh siad saibhir. Ag caitheamh anuas ar Aisling a bhí sí. 'Táimid compordach.' Ní hionann é.

Iriseoir ab ea í. Eibhlín. Iriseoir neamhspleách a raibh ag éirí thar barr léi toisc í a bheith conspóideach. Scríobh sí ailt go rialta i níos mó ná nuachtán amháin, agus ba mhinic í ar chláir raidió agus teilifíse. *Primetime* agus *Tonight with Vincent Browne* agus a leithéid. *Morning Ireland*. Bhí meas ag daoine ar a tuairimí. Bhí sí in ann iad a nochtadh go soiléir agus go beacht.

Ní hamháin sin, ach thaitin sí leis an gceamara, a dúirt daoine ina taobh. Agus bhí Eibhlín ceanúil go maith ar an gceamara freisin. Cén fáth nach mbeadh?

Gruaig fhionn. Súile móra gorma. Aghaidh bheag chroíchruthach. Bhreathnaigh sí máithriúil ach bhí cuma cailín óig uirthi ag an am céanna. Duine í a gcuirfeadh aon duine muinín inti. Duine í a phiocfá amach as slua strainséirí, dá mbeadh ort compánach a roghnú. Shíl tú, agus tú ag breathnú uirthi agus ag éisteacht léi ag nochtadh a tuairimí faoi gach rud faoin spéir, go raibh aithne mhaith agat uirthi, go raibh cairdeas eadraibh, cé nár bhuail tú léi riamh. Chreid tú go mba bhreá leat bualadh léi agus cupán tae a ól in éineacht léi agus shíl tú go gcuirfeadh sí fáilte is fiche romhat.

Bhí sí an-bhroidiúil leis an obair seo go léir. Ach bhí ar a cumas roinnt mhaith den scríbhneoireacht a dhéanamh sa bhaile.

'Táim sa bhaile ag tabhairt aire do mo chúram,' a deireadh sí leis an tír ar fad. 'Tuigim go maith nach mbíonn an rogha seo ag gach máthair. Creidim i mo chroí istigh, dá fheabhas an cúramaí, gurb í an mháthair a thabharfaidh an aire is fearr dá clann.'

B'in tuairim dhocht Eibhlín. Ba cheart do mháithreacha, dá mb'fhéidir in aon chor é, fanacht sa bhaile ag tabhairt aire dá gcuid páistí.

'Níl obair ar bith ar domhan chomh tábhachtach le clann a thógáil,' ar sise, ina guth binn ceolmhar. 'Sin a chreidim. Ba cheart dúinn gach rud a dhéanamh chun cabhrú le máithreacha a mianta máithriúla a chomhlíonadh.'

Shílfeá ó bheith ag éisteacht le hEibhlín go raibh deichniúr clainne uirthi in ionad an t-aon leanbh amháin. Aisling. A bhí in aois a cúig déag agus go maith in ann aire a thabhairt di féin.

Mar sin féin, bhí sé go deas a fhios a bheith aici go raibh a máthair roimpi sa teach agus í ag teacht abhaile ón scoil.

Tharla uaireanta nach mbíodh Eibhlín ann. Ní raibh smacht aici ar na daoine a léirigh na cláir ná ar chúrsaí polaitíochta. Anois is arís, bhíodh uirthi dul go dtí an stáisiún raidió nó teilifíse nó chuig cruinniú nó comhdháil. Ó bhí sí seacht mbliana d'aois, bhí eochair an tí ag Aisling ar shlabhra timpeall a muiníl. Nuair nach mbíodh Mam sa bhaile, ligeadh sí í féin isteach sa teach. Bhíodh nóta ar bhord na cistine. 'Sa bhaile c. 6.00. Mo ghrá thú! Póg!'

Ba chuma le hAisling.

Thaitin sé léi an teach a bheith fúithi féin istoíche anois is arís.

Deis breathnú ar an teilifís. Ar an ríomhaire. Nuair a bhíodh Mam sa bhaile ní bhíodh cead aici breathnú ar an teilifís ach ar feadh leathuair an chloig gach lá. Bhí cosc uirthi an ríomhaire a úsáid ar bhealaí áirithe freisin – ní raibh cead aici dul ar Facebook, ná ar Twitter, ná ar roinnt mhaith suíomhanna eile. Ach bíonn suíomhanna nua ar fáil i gcónaí nach raibh ar radar Mham agus níor chuir sí isteach rómhór ar ghníomhaíocht Idirlín a hiníne.

Faoi láthair bhí Daid ag obair ar thancaer ola sa Mhuir Thuaidh. Innealtóir ab ea é agus captaen loinge. Bhí sé fostaithe ag comhlacht loingis. I Manainn a bhí ceanncheathrú an chomhlachta agus nuair a bhí Daid ag obair ansin bhíodh sé sa bhaile gach deireadh seachtaine. Ach minic go leor théadh sé ar bord loinge ar thuras oibre a mhaireadh ráithe nó níos faide.

'Oibríonn sé go dian ar ár son,' a deireadh Mam. 'Tá an t-ádh orainn go bhfuil Daid chomh díograiseach sin!'

Uaireanta ritheadh sé le hAisling nach raibh aithne aici ar a hathair féin, bhíodh sé as baile chomh minic sin. Labhraídís ar an bhfón agus ar Skype, ach níor mhar a chéile é agus é a bheith sa bhaile, timpeall an tí, ó lá go lá.

Ach chuireadh sé a thuarastal mór sa bhanc gach mí agus tharraingíodh Eibhlín amach é. B'in an rud a choimeád an teaghlach traidisiúnta áirithe seo beo sláintiúil.

Déistin

Bhí Aisling féin gnóthach i mbliana. An Teastas Sóisearach á dhéanamh aici. Ní raibh aon duine ag cur brú uirthi, ar ndóigh. Ní chuireann tuismitheoirí deasa brú ar a bpáistí. Níor ghá i gcás Aisling pé scéal é mar chuir sí brú uirthi féin. Ó bhí sí sna naíonáin bhí sé d'aidhm aici ardmharcanna a bhaint amach i ngach ábhar. Rince, líníocht, comhaireamh go huimhir a deich, seasamh go ciúin sa scuaine chun imeacht i ndeireadh an lae – thuig sí ón tús go mbeadh náire uirthi mura mbainfeadh sí na torthaí ab fhearr amach, mura léireodh sí go raibh sí níos éirimiúla ná aon duine eile.

Chaith sí ceithre huaire an chloig ag staidéar gach uile oíche.

'An gá an oiread sin oibre a dhéanamh.' Lig a mam uirthi go raibh sí buartha. B'fhéidir go raibh. 'Don Teastas Sóisearach?'

Rug sí barróg ar Aisling. Thaitníodh na barróga sin go mór le hAisling go dtí i mbliana – go dtí seo, b'aoibhinn léi teas a máthar, agus a corp bog, agus boladh an chumhráin a chaitheadh sí i gcónaí. Ach anois is amhlaidh a tharraingíodh sí siar ó bharróg. Le tamaillín anuas, níor theastaigh uaithi a máthair a phógadh. B'fhuath léi a béilín bog fliuch, b'fhuath léi an craiceann bog a bhí ar a leicne. Chuir a máthair saghas déistine uirthi.

'Tá a fhios agat nach bhfuil aon ní uaimse ach go mbeifeá sona!'

'Táim sona!' D'fhág sí an seomra agus dhún an doras de phlab. In airde staighre léi, go dtí a seomra féin. Tharraing sí na cuirtíní cé go raibh sé geal lasmuigh. Thaitin an dorchadas léi i mbliana. Las sí solas amháin ar an deasc bheag aici. Bhí a seomra dorcha agus na scáileanna timpeall uirthi. Bhí sí ábalta díriú ar na leabhair agus gach rud eile sa saol a bhrú amach.

B'in a raibh uaithi.

Gach rud a bhrú amach.

Bhí a saol lán. Lán go béal le daoine, rudaí, eachtraí, dualgais, cairde, caithimh aimsire. Dúshláin.

Bhí sí sásta leis sin go dtí le déanaí. Thaitin sé léi gan folús ar bith a bheith ina saol. Ó mhaidin go tráthnóna, seacht lá na seachtaine, ní bhíodh soicind le spáráil.

Ach ó thosaigh sí ag luí isteach ar an staidéar le haghaidh na scrúduithe seo, 'nárbh fhiú tada é,' dar lena máthair, bhí athrú tagtha uirthi. Ní raibh uaithi ach a bheith ina haonar, ina seomra, lena cuid leabhar agus a cuid stuif féin.

***

Uaireanta is diaidh ar ndiaidh a thagann athrú ar do dhearcadh ar dhaoine eile. Ach uaireanta eile tarlaíonn an t-athrú go tobann.

Bhí a fhios ag Aisling go beacht cathain a tháinig an t-athrú ar a dearcadh i leith a máthar.

Oíche na siúlóide faoin nginmhilleadh i mí na Nollag a tharla sé.

Bhí conspóid sa tír tar éis d'ógbhean bás a fháil in ospidéal agus í ag iompar clainne. De réir na dtuairiscí, ní raibh seans go mairfeadh an leanbh tar éis na breithe. Bhí an mháthair féin an-tinn. Bhí seans maith ann go dtiocfadh biseach ar an mbean dá gcuirfí deireadh leis an toircheas. Ach níor cuireadh deireadh leis toisc amhras a bheith ar na dochtúirí faoin dlí. Fuair an mháthair agus a leanbh bás.

Ba í an cheist a bhí ag an eite chlé, ag liobrálaigh, ag na feiminigh, acu siúd go léir a bhí ar son na rogha, ná, ar ligeadh don bhean seo bás a fháil toisc nár lig dlí na hÉireann di deireadh a chur lena toircheas? Fiú nuair a bhí sí an-tinn ar fad? Agus fiú nuair nach raibh seans ar bith go mairfeadh an leanbh a bhí á iompar aici?

'Níl a fhios againn,' arsa Eibhlín, agus í brónach, duairc. 'Níl a fhios againn an raibh seans maireachtála ag an leanbh nó nach raibh.'

Bhí sé seo á rá aici ar an teilifís. Ach dúirt sí an rud céanna in áiteanna eile freisin. Sa chistin. Sa charr. Ar an raidió.

Ag an mórshiúl.

Thug Eibhlín Aisling in éineacht léi go dtí an mórshiúl a d'eagraigh 'Ar Son na Beatha'. Bhí Eibhlín ar an gcoiste, ina ball an-ghníomhach. De ghnáth, níor ghlac Aisling páirt sna himeachtaí a d'eagraigh Eibhlín agus a comhghleacaithe. Ach an babhta seo cheap a máthair go mbeadh sé spéisiúil d'Aisling a bheith i láthair.

Chuaigh siad isteach go lár na cathrach ar an mbus. Bhí an tráthnóna an-fhuar ach tirim. Bhí Aisling cluthar ina cóta geimhridh. Cóta álainn, déanta as olann bhog nua, dath dearg air. Bhí caipín deas ar a ceann agus lámhainní bána uirthi. Maidir le hEibhlín, bhreathnaigh sí cosúil leis an mbean in Dr. Zhivago. Lara. Cóta dorcha le bóna mór fionnaidh, hata fionnaidh ar nós na hataí a bhíonn acu sa Rúis, buataisí arda leathair. Chomh maith le lámhainní leathair bhí mufa aici, ar aon dul leis an hata.

Bhreathnaigh sí go hálainn. Ar bhealach amháin, bhí mórtas ar Aisling go raibh máthair ghalánta aici. Ach ar an lámh eile de, chuir sé isteach uirthi go raibh gach duine ag breathnú orthu.

Agus cad faoin mufa sin?

Mufa deas a bhí ann. Ach bhí cuma áiféiseach air. Iarsma ón stair a d'imigh as faisean céad bliain ó shin.

Iarsma den stair atá fós ag feidhmiú atá in Ardoifig an Phoist ar Shráid Uí Chonaill. Is ansin a thosaíonn an-chuid agóidí agus is ansin a thosaigh an mórshiúl an oíche áirithe seo freisin. Crann Nollag i lár na sráide agus soilse na Nollag ag luascadh trasna Sráid Anraí. B'aisteach an oíche é d'ócáid den saghas seo. B'ait le hAisling go raibh daoine ag fáil bháis in ospidéil an oíche seo agus na soilse ar lasadh ar fud na cathrach.

Bhí slua beag bailithe ar an tsráid os comhair Ardoifig an Phoist. Stop curtha leis an trácht ar an taobh sin ag na Gardaí.

Cúig chéad duine, a mheas Aisling, a bhí ann.

Bhí an-áthas orthu go léir gur tháinig Eibhlín. Gach duine ag beannú di, gliondar ina súile.

Ní raibh ar a cumas ach a ceann a chlaonadh agus gáire a dhéanamh lena lucht tacaíochta; anois is arís rinne sí lámh a chroitheadh nó barróg a thabhairt. Rinne sí a slí go maorga tríd an slua ar nós banríona. Aisling ag sodar ar a sála, an banphrionsa beag. Gach duine ag faire go géar uirthi. Mhothaigh sí na súile ag tógáil gach rud isteach. A cuid éadaí. A haghaidh. A cuid gruaige. An raibh sí cosúil lena máthair? An raibh sí chomh dathúil léi?

Bhí ardán ar an gcosán agus buíon bheag ina seasamh air. Suas ar an ardán le hEibhlín. Tharraing sí Aisling ina diaidh cé nár theastaigh uaithi a bheith ansin leis na ceannairí.

D'aithin sí roinnt acu. Cairde Eibhlín. Iad sa chumann céanna léi, cumann a sheas ar son an rud ar ar thug siad féin 'luachanna teaghlaigh.' Bhí siad in aghaidh an ghinmhillte, in aghaidh pósadh daoine homaighnéasacha, in aghaidh an cholscartha. Bhí siad i bhfabhar pósadh daoine nach raibh homaighnéasach, i bhfábhar teaghlach ina raibh athair agus máthair agus a lán páistí. An teaghlach traidisiúnta. An teaghlach beannaithe. Cé go raibh beirt aithreacha sa teaghlach sin. An Teaghlach Naofa. B'fhéidir gurbh é sin an rud ab fhearr? Beirt aithreacha, mac, agus máthair. Gan iníon ar bith?

Bhí na daoine ar an ardán cosúil le hEibhlín. Ní fhéadfaí a rá go raibh siad meánaosta fós. Bhí siad dea-ghléasta, gealgháireach. Bhain na daoine nach raibh ar an ardán le haicme eile ar fad. Bhí 75 faoin gcéad díobhsan sean i súile

Aisling, críonna. Bhí sé de nós aici céatadáin agus staitisticí a úsáid agus í ag comhaireamh nó ag smaoineamh. Rinne Eibhlín é freisin. Seanmháithreacha, agus seanaithreacha. Pinsinéirí. Iad feistithe sna héadaí sin a chaitheann daoine bochta. Cótaí fada atá as dáta. Caipíní cniotáilte nach n-oirfeadh d'aon duine, go háirithe do dhaoine cosúil leo siúd. An 25 faoin gcéad eile, bhí siad an-óg ar fad. Mic léinn, cailíní a bhí bliain nó dhó níos sine ná Aisling féin. Iad gléasta i jíons nó i ngúnaí beaga agus seaicéid éadroma. Caithfidh gur mhothaigh siad an fuacht.

Bhí coinnle á n-iompar ag na daoine óga seo. B'fhéidir gur airigh siad beagáinín teasa ó lasracha na gcoinnle?

Paidríní a bhí ag na pinsinéirí. Clocha fuara.

Labhair duine éigin ón ardán. Fear. D'aithin Aisling é mar go mbíodh sé ar an teilifís go minic freisin, ag cosaint cearta na mbeo gan bhreith. Ghabh sé buíochas leis na daoine as ucht teacht amach an oíche fhuar seo. Thug sé misneach dó go raibh an slua chomh mór sin. Thosóidís ag siúl anois, síos an tsráid, trasna an droichid, timpeall ar Choláiste na Tríonóide agus ar aghaidh go dtí Teach Laighean. Bheadh airneán ansin acu.

Rinne an slua bualadh bos beag nuair a bhí an chaint seo thart. D'ardaigh siad na póstaeir a bhí acu.

Naíonáin agus iad ag cur fola. Ag fulaingt.

TABHAIR DOM DO LÁMH! NÁ TÓG UAIM MO BHEATHA!

Pictiúir de mhná óga, ag caoineadh.

GO SÍORAÍ FAOI BHRÓN.

Pictiúir de chorpáin sna seomraí gáis sa Ghearmáin le linn an Tríú Reich.

GIÚDAIGH AN LAE INNIU: NAÍONÁIN SA BHROINN.

Thuirling Eibhlín agus na ceannairí eile den ardán. Chuaigh beirt acu go ceann an tslua, agus thosaigh an bhuíon ag máirseáil. D'fhan Eibhlín taobh thiar den slua, ar chúl ar fad, rud a thug faoiseamh d'Aisling. D'fhan duine amháin eile de na ceannairí leo.

Chuir Eibhlín in aithne dá chéile iad. Éamonn rud éigin ab ainm dó. Chroith sé lámh léi agus ansin dhírigh a aire go hiomlán ar Eibhlín.

Bhí áthas ar Aisling gur fágadh fúithi féin í. Ar an lámh eile de, chuir sé saghas imní uirthi nach raibh suim dá laghad aige inti. Amhail is nach raibh sí ann.

Shiúil siad síos Sráid Uí Chonaill agus trasna an droichid.

Bhí an oíche go hálainn. Fuar, ciúin. An taoide lán, agus an Life lán. Scáileanna na soilse sa dubhuisce, gorm agus bán agus uaine. Iad ag damhsa agus ag luascadh leo.

An Nollaig. Cuma spleodrach ar an gcathair.

Amhail is gur thug an radharc misneach don slua, thosaigh siad ag gabháil fhoinn nuair a bhí an droichead trasnaithe acu.

'Faith of our fathers'

Bhreathnaigh Eibhlín agus Éamonn ar a chéile. Bhris sé amach ag gáire.

'Níl neart againne orthu!'

'Tá a fhios acu nach mbaineann an feachtas le creideamh ar bith,' arsa Eibhlín.

'Ná bíodh imní ort,' arsa Éamonn. 'Ní chloisfear iad os cionn ghlór na tráchta.'

Ach ní raibh aon trácht ar Shráid Westmoreland mar a raibh siad. Bhí na Gardaí tar éis stop a chur leis chun scaoileadh leo.

Leag Éamonn a lámh timpeall ar ghualainn Eibhlín, ag iarraidh í a mhisniú.

Lean an slua ag canadh. Bhí siad cuibheasach maith. Thaitin an t-iomann sin le hAisling. Bhí rud éigin faoi a mheall í. 'Faith of our fathers'! An t-aon fhíorchreideamh!

Beimid dílis duit go huair ár mbáis! Chuir na focail agus an ceol fonn máirseála uirthi, ar nós ceol saighdiúirí.

D'iompaigh Éamonn ina treo.

'Conas a chuireann tú suas leis?'

Baineadh geit aisti.

'Le céard?'

'An stuif seo ar fad!'

Scrúdaigh sí a aghaidh. Aghaidh dheas, gan amhras. Bearrtha, néata, oscailte. Gnúis duine a gcuirfeá muinín iomlán ann. Cosúil le gnúis Eibhlín.

'Bhuel ...' Cad ba cheart di a rá? 'Ní thagaim chuig na cruinnithe de ghnáth.'

'Cén fáth ar tháinig tú an babhta seo?'

'Tá mo mham ... Eibhlín ...'

'Tá a fhios agam cad is ainm di!'

Rinne siad araon gáire.

Ach bhraith sí míchompordach ar chúis éigin nár thuig sí.

Ceist phrionsabail

'Is maith an t-anlann an píotsa!' arsa Eibhlín.

Bhain sí an clúdach plaisteach de phíotsa a bhí sa reoiteoir agus chaith sa bhruscar é. Chuir sí an píotsa san Aga.

Chuir Aisling an teilifís ar siúl. Bhí ceann beag acu sa chistin, ionas go bhféadfaidís breathnú ar an nuacht agus ar na cláir faoi chúrsaí reatha agus iad ag ithe. Ach i ndáiríre is sa chistin a chaith siad formhór an ama. Cistin mhór a bhí acu, tolg agus cathaoireacha uillinn i gcúinne amháin, an bord taobh leis an bhfuinneog mhór agus radharc uaidh ar an ngairdín, agus an trealamh i gcúinne eile. Bhí sé níos compordaí ná aon seomra eile sa seanteach.

'Deich nóiméad!' arsa Eibhlín.

Bheartaigh Aisling gan staidéar a dhéanamh anocht. Bhí tuirse uirthi. Shuigh sí ar an tolg, Ibsen ar a glúine aici. Cat sléibhe Ioruach a bhí ann – clúmh an-fhada air agus smut beag cantalach. Ach bhí sé muinteartha go leor nuair a chuir sé aithne ort.

'Go raibh maith agat,' arsa Eibhlín. 'As ucht teacht liom.'

'Fáilte romhat.'

Sos beag.

'Bhuel? An raibh mé ceart go leor?'

Lig Aisling osna. Bhí a fhios ag Eibhlín go raibh sí ceart go leor. Níos mó ná ceart go leor. Ach bhí moladh uaithi de shíor.

'Bhí tú go huafásach!' arsa Aisling.

'Mol an seanduine agus titfidh sí i laige le neart iontais.'

'A Mham! Tá a fhios agat go raibh tú go maith!'

Ní raibh sí chun dul níos faide ná sin, lena moladh.

'Bhí slua an-mhór ann, nach raibh? Cúig mhíle, a mheasann Éamonn.'

'Hm.' Shíl Aisling go raibh cúig chéad ann. Ar a mhéid.

Ach bhí sé deacair daoine a chomhaireamh ag rud mar sin. Iad ag teacht agus ag imeacht ar feadh an ama.

'Nó níos mó. Sé mhíle.'

***

Agus an píotsa á ithe acu ag an mbord mór, thosaigh an

nuacht ag a naoi a chlog.

Taispeánadh an cruinniú lasmuigh de Theach Laighean. Bhí Aisling ag iarraidh a fheiceáil an raibh sí féin sa phictiúr, ach ní raibh. Díomá agus faoiseamh ag an am céanna.

Thug an tuairisceoir cuntas ar an rud ar fad.

Ansin gearrthóga as agallaimh.

Eibhlín.

An Tsarina.

Chuir an t-iriseoir faoi bhrú í.

'Cad faoi chásanna cosúil le cás Salena Kumer? Ní raibh seans go mairfeadh an leanbh lasmuigh den bhroinn. An bhfuil sé de cheart againn iallach a chur ar mhná naíonáin mar sin a iompar ar feadh trí ráithe? Agus leanbh marbh, nó leanbh a mhaireann ar feadh cúpla nóiméad, a thabhairt ar an saol?'

'Tá dlí againn a thugann cosaint iomlán do bheatha na máthar,' arsa Eibhlín. 'Níl máthair ar bith in Éirinn i mbaol báis. Ní chreidim go bhfuil sé de cheart againn beatha naíonáin ar bith a thógáil. Léiríonn taighde a rinneadh le déanaí sna Stáit Aontaithe go maireann 25 faoin gcéad de na naíonáin úd a mheastar a bheith gan seans maireachtála.'

Ní dhearna an t-iriseoir ach a cheann a chlaonadh.

'Cad faoi mhná atá torrach de bharr éignithe?'

'Tá trua an domhain agam d'aon bhean a fhulaingíonn éigniú. Ach ní ar an leanbh a ghintear sa tslí sin atá an locht. Tá an ceart céanna ar an mbeatha ag an leanbh sin agus atá agamsa nó agatsa.'

'Agus más bean óg í an mháthair? Cailín in aois a 14 nó a 15?'

Thóg Eibhlín soicind nó dhó chun smaoineamh ar a freagra. Le linn an ama sin taispeánadh bean óg agus leanbh ina baclainn aici.

'Deirimse leat, dá mba rud é gur tharla a leithéid do m'iníon féin, ghlacfainn leis an leanbh sin mar bhronntanas ó Dhia.'

M'iníon féin?

Nuair a bhí an méid sin ráite aici, chrom Eibhlín, an Eibhlín a bhí ina suí ag an mbord sa chistin, ar a cuid píotsa a ithe.

Agus ar an mbomaite céanna, chuir Aisling a pláta féin uaithi. Ba bheag nár thacht sí ar an ngreim a bhí ina béal.

'A Mham!'

'Níl ansin ach an fhírinne lom.' D'ól Eibhlín braon fíona.

'Tá sé sin dochreidte. Go luafá mise sa chomhthéacs sin.'

'Níor luaigh mé tusa.'

''Bhfuil iníon eile agat in áit éigin?'

Leag Eibhlín a gloine ar an mbord.

'A Aisling! Éirigh as! Cad atá ort?'

'Ní theastaíonn uaim go mbeifeá ag baint úsáid asamsa i do shaol polaitiúil.'

'Mo shaol polaitiúil?'

'Sin é. Agus má bhím torrach, mise an duine a dhéanfaidh cinneadh faoi cad a tharlóidh.'

'In ainm Dé. Níl tú torrach, ní bheidh tú torrach. Is cás hipitéiseach é.'

'Ní hipitéis mise.'

'Ó, in ainm Dé! Tá tú ag déanamh míol mór de mhíoltóg. Mar is gnáth.'

'Mar is gnáth?'

Bhí Aisling ag pléascadh anois, le neart feirge. Sheas sí

agus stán ar Eibhlín. Bhí fonn uirthi í a bhualadh.

'Níl faic ite agat,' arsa Eibhlín, agus lig sí osna mhór.

Rith Aisling amach as an seomra. Dúnadh an doras de phlab mór.

Bhí an teilifís fós ar siúl, agus Eibhlín fós ag breathnú uirthi féin ar an scáileán.

Cuairteoir

An lá dar gcionn, bhí maolú tagtha ar fhearg Aisling. Bhí Eibhlín cúramach gan aon rud a rá a chuirfeadh as di, agus níor chuir sí an raidió ar siúl ar maidin, mar bhí a fhios aici go ndéanfaí tagairt don agóid ar *Morning Ireland*. D'ith Aisling a bricfeasta – bhí ocras uirthi – agus chuaigh sí ar scoil.

Bhí sí neirbhíseach. Bheadh daoine ag faire uirthi, ag smaoineamh gurbh ise iníon Eibhlín, an bhean sin a bhí ar an teilifís ag nochtadh tuairimí láidre faoin nginmhilleadh. Bhí a lán daoine sa scoil, i measc na ndaltaí agus na múinteoirí, a bhí ar aon intinn le hEibhlín maidir leis na cúrsaí seo. Agus a lán eile nár aontaigh léi. Ba é an rud ba mheasa ná go raibh íomhá cuibheasach poiblí ag a máthair. Rud amháin é tuairimí láidre a bheith agat faoi nithe conspóideacha. Rud eile ab ea iad a chraobhscaoileadh don domhan mór ar an nuacht ag a naoi a chlog.

Leath bealaigh tríd an dara rang – Fraincis – fuair sí téacs óna buanchara, Sara.

Cd tá rt?

Scríobh Aisling:

Faic.

Fuair sí freagra.

Cn fa an pus?

Scríobh sí:

Feic off.

Bhí an múinteoir ag scríobh modh coinníollach an bhriathair *voudrir* ar an gclár dubh. Múinteoir neamhairdiúil a bhí inti ach mhothaigh sí mar sin féin nach raibh an rang ag tabhairt aire mar ba chóir. Bhí leath na ndaltaí ag útamáil lena bhfóin phóca, ag imirt cluichí nó ag cur téacsanna chuig a chéile, cé nach raibh cead ag aon duine fón a bheith acu sa seomra ranga.

D'iompaigh sí go tapa agus bhreathnaigh timpeall.

Cuireadh gach fón póca isteach i bpóca nó faoi leabhar laistigh de nanashoicind. Bhí gach aghaidh dírithe ar an gclár dubh.

Conas a déarfá 'Ba mhaith liom dul go dtí na pictiúir?' Bhreathnaigh sí timpeall, ar gach aghaidh. 'A Aisling?'

'*Je veut aller au cinéma.*'

'*Non, non. Tu n'attends pas.* Sara?'

'*Je ne sais pas.*'

'*Dommage! Emilie, peux-tu traduire s'il te plaît?*'

Bhí Emilie in ann an freagra ceart a thabhairt. Bhíodh i gcónaí, sa rang seo. Ní raibh fón póca aici agus b'as an Fhrainc dá máthair.

***

Bhí briseadh acu tar éis na Fraincise.

''Bhfuil tú ceart go leor?'

'Tá tuirse orm,' arsa Aisling. B'in í an fhírinne. Mhothaigh sí tuirseach thar mar ba ghnách, cé gur chodail sí go trom.

'Ag staidéar i lár na hoíche arís?'

Bhreathnaigh Aisling timpeall an tseomra. Bhí daltaí ag ithe brioscaí nó ceapairí, ag tógáil sloganna as cannaí sú oráiste nó cóc. Buachaill – Deasún – ag an gclár dubh, ag tarraingt cartúin den mhúinteoir. Roinnt buachaillí ag imirt chártaí – bhí scoil phócair ar siúl ag grúpa beag; lean siad leis ag gach briseadh; uaireanta leanaidís leo ag imirt agus ceacht ar siúl. Bhí formhór na ndaltaí ar na fóin phóca, ag seoladh téacsanna.

'Bhí mé ag an mórshiúl sin, le mo mháthair.' Labhair sí os íseal.

'Cén mórshiúl?'

Nach raibh a fhios aici?

'Faoi ... Salena, agus é sin ar fad. Bhí sé ar an nuacht. Bhí Mam ar an nuacht.'

Chroith Sara a ceann.

'Ní fhaca mé an nuacht aréir.'

Seans nach bhfaca aon duine acu é. Ná nár chuala aon duine na rudaí a bhí á rá ag Eibhlín. Gur chuma sa sioc leo.

Thosaigh Aisling ag caint faoi rud éigin eile.

Níor airigh sí tuirseach a thuilleadh.

***

Bhí cuairteoir sa teach nuair a d'fhill Aisling abhaile ón scoil roinnt laethanta ina dhiaidh sin.

Éamonn.

Bhí sé féin agus Eibhlín ina suí sa chistin, ag ól cupán de rud éigin.

'A Aisling, seo comhghleacaí liom. Éamonn.'

Bhí a fhios ag Aisling cérbh é. Sheas Éamonn agus chroith lámh léi. Bhí a lámh teolaí, ach ar ndóigh bhí lámha Aisling fuar tar éis a bheith lasmuigh.

'Tá seanaithne againn ar a chéile,' arsa Éamonn.

Bhí áthas ar Aisling é a fheiceáil. Ach fág faoina máthair é nár chuimhnigh sí gur bhuail Aisling le hÉamonn cúpla lá ó shin.

'Ar mhaith leat cupán caife?'

Shuigh Aisling síos leo. Ghlac sí leis an gcaife, cé nach raibh dúil aici i gcaife ná tae, de ghnáth. D'ith sí canta aráin agus cáis.

Bhí bileoga agus litreacha scaipthe ar an mbord.

'Conas atá an saol?' dhírigh Éamonn a aird uirthi.

'Ceart go leor,' arsa Aisling.

'Tá an Teastas Sóisearach á dhéanamh ag Aisling i mbliana,' arsa Eibhín. 'Tá sí ag obair go dian.'

''Bhfuil dúil agat sa staidéar?'

Níor chuir aon duine an cheist sin uirthi riamh roimhe. Rinne sí a cuid oibre toisc go raibh scrúduithe le déanamh. Níor smaoinigh sí an raibh dúil aici ann nó nach raibh.

'Bhuel ...'

'Tá sí go hiontach ag staidéar. Fuair sí seacht A sna scrúduithe an samhradh seo caite. Sílim féin go ndéanann sí an iomarca staidéir. Ach níor cheart a bheith ag gearán!'

'Hm,' Bhreathnaigh Éamonn ar Aisling. D'fhéach sé isteach ina súile, ceist ina shúile féin.

'Bainim taitneamh as a bheith ag foghlaim,' arsa Aisling. 'Sea, bainim.'

B'in an chéad uair ina saol a dúirt sí na focail sin.

'Bainim taitneamh as a bheith ag foghlaim.'

Bhreathnaigh gach duine ar fhoghlaim mar shaghas pionóis. Bhí ort é a dhéanamh, ar mhaithe le torthaí maithe a fháil, post maith a fháil, daoine a shásamh – na múinteoirí, na tuismitheoirí. Rinne tú é ionas go mbeadh am saor agat chun rud éigin eile a dhéanamh, rud éigin taitneamhach. Ach anois a bhuail sé i gceart í. Bhí sí ag foghlaim toisc gur thaitin sé léi a bheith ag foghlaim, ar a son féin. Nach aisteach nár bhuail an smaoineamh sin í riamh cheana ina saol?

B'fhéidir gurbh é sin an rud a chuir as d'Eibhlín? A chuir eagla uirthi? Nach raibh Aisling i mbun na leabhar chun ise ná a hathair ná aon duine eile a shásamh? Nach raibh sí ag iarraidh a bheith ina cailín maith, umhal, dea-mhúinte? Go raibh rud éigin eile ar fad i gceist?

'Go hiontach!' Rinne Eibhlín gáire. 'Déagóir atá ceanúil ar scrúduithe! Níl aois na míorúiltí thart!'

Rinne Éamonn gáire dea-mhúinte.

''Bhfuil ábhar ar bith a thaitníonn leat níos mo ná aon cheann eile?'

Bhí seantaithí ag Aisling ar an gceist seo.

'Fraincis agus Gearmáinis,' ar sise.

'An raibh deis agat dul go dtí an Fhrainc nó an Ghearmáin?'

'Beidh sí ag dul ar mhalartú go Bordeaux i mí Iúil,' arsa Eibhlín. Labhair sí chomh cineálta agus a rinne riamh, ach thug Aisling faoi deara go raibh spota beag dearg ar a dhá leiceann. Bhí rud éigin ag cur as di.

D'éirigh Aisling ina seasamh. Thug sí léi a muga caife.

'Obair bhaile!' ar sise.

'A stór!' arsa Eibhlín, sásta anois.

'Tabhair aire!' arsa Éamonn, meangadh gáire air.

Bhí Eibhlín dírithe ar na cáipéisí, ag léamh go dúthrachtach.

Chaoch Éamonn súil le hAisling.

Rud a thug ardú meanman di.

Daidí na Nollag

Tháinig Daid abhaile don Nollaig.

Chomh luath agus a leag sé cos thar tairseach, d'ardaigh croí Aisling. Ba é a daid féin Daidí na Nollag.

Thóg sé ina bhaclainn í.

''Aisling gheal, a stór mo chroí! Nach aoibhinn, álainn atá tú!'

Rinne siad rince beag sa halla, mar a rinne siad i gcónaí nuair a tháinig sé abhaile, agus ansin thosaigh sé ag dáileadh amach na mbronntanas.

D'oscail sé a mhála i lár na cistine.

Fear mór láidir ab ea é. Gruaig chatach. Féasóg. Súile donna, iad domhain, lonrach. Bhí an chuma air go raibh sé i gcónaí ag gáire faoi rud éigin.

'An ólfaidh tú cupán tae?'

'Nuair a bhíonn an gnó tábhachtach déanta ba bhreá liom cupán tae! Nó rud éigin níos láidre! Ach anois! Cad atá agam i mo mhála mór ón bPol Thuaidh!'

Bearta beaga geala, ceann nó dhó d'Eibhlín, a bhformhór d'Aisling.

Hata de chraiceann rón.

Muince bhuí ómra.

Buidéal cumhráin.

Bráisléad órga.

Bhí scéal ag dul le gach bronntanas. Cheannaigh sé an hata ó dhuine de na Sámaigh, iascaire a bhí ag obair ar an tancaer ach a thug cuireadh dó dul abhaile leis deireadh seachtaine áirithe chun a bhaile dúchais a fheiceáil. Fuair sé an mhuince ómra in Trondheim, i siopa taobh leis an ardeaglais, agus an bráisléad, a bhí bunaithe ar dhearadh ón mheánaois, sa mhúsaem in Osló.

Bhí scéalta ag Daid faoi gach rud.

Tháinig athrú ar atmaisféar an tí agus é ann. Pé teannas a bhíodh ann de ghnáth, cuireadh deireadh leis. Ní raibh suim ar bith ag Daid i gcearta an teaglaigh nó na nithe a bhí chomh tábhachtach sin i saol Eibhlín, ach nuair a bhí Daid thart, teaghlach beannaithe a bhí acu sa teach i gCluain Tarbh.

Briseadh deich lá a bhí ag Daid. Beagnach coicís! An chéad lá, shíl Aisling nach dtiocfadh deireadh leis na laethanta sin go deo. Ach sciorr an t-am go tapa.

An nós a bhí acu ná dul ar saoire bheag tar éis na Nollag. Bhí teach samhraidh acu i dTír Chonaill agus théidís ann i gceartlár an gheimhridh. Ar ndóigh theastaigh ó Aisling a bheith in éineacht le Daid cé nach raibh fonn uirthi aistear fada a dhéanamh chun laethanta a chaitheamh druidte isteach i dtigín beag fuar ag breathnú amach ar an bhfearthainn agus ag éisteacht leis na tonnta móra ag búireach ar nós ainmhithe allta ar tí créatúr bocht a shracadh as a chéile.

Bhí fadhb ann i mbliana.

Ibsen, an cat.

De ghnáth, agus iad as baile, chuiridís isteach i gconchró é. Ach bhí an conchró a mbainidís úsáid as tar éis dúnadh, agus nuair a thosaigh Eibhlín ag glaoch ar áiteanna eile, ní raibh spás acu d'Ibsen.

'Chomh luath agus a chloiseann siad cén saghas cait é, deir siad go bhfuil siad lán!'

Bhí droch-chlú ar na cait Ioruacha. Bhí a fhios ag lucht na gconchróite go raibh siad crosta, agus leochaileach.

'Ba cheart go mbeadh dlí ann i gcoinne iompar den saghas sin!' arsa Eibhlín. 'Ciníochas atá ann.'

Bhí Daid den tuairim nár cheart dul go Tír Chonaill in aon chor. Réitigh Aisling go láidir leis an tuairim sin. Ach ní shásódh aon rud Eibhlín ach dul ó thuaidh. Bhí an-chuid argóintí aici i bhfabhar an aistir.

Ba é an réiteach a bhí ar an scéal ná go bhfanfadh Aisling sa bhaile.

Chaillfeadh sí trí lá de chomhluadar Dhaid. Ach, ar an lámh eile, chaillfeadh sí comhluadar Eibhlín freisin, agus ní raibh aon ghrá aici do Thír Chonaill i lár an gheimhridh.

Ní raibh Eibhlín sásta in aon chor go mbeadh Aisling ina haonar i gCluain Tarbh. Ach d'éirigh le Daid a chur ina luí uirthi go raibh sé ceart deis a thabhairt d'Aisling a bheith neamhspleách anois is arís. Bhí Aisling go maith sna déaga anois; bhí sé nádúrtha nach mbeadh sí ag iarraidh dul ar saoire lena tuismitheoirí as seo amach.

'Go deo arís?'

Bhí imní ar Eibhlín. Laethanta saoire gan a hiníon? Ní raibh dealramh leis sin.

Ach d'imigh siad.

***

An chéad rud a rinne Aisling ná téacs a chur chuig Sara.

Home Alone! X 4

Tháinig freagra ar an bpointe.

Yea! Party!

Níorbh é sin a bhí i gceist ag Aisling. Chuir sí glaoch ar Sara. Ach níor fhreagair sí. Sheol sí téacs eile.

Party? No way. Cuir glaoch.

Tar éis leathuair an chloig tháinig an freagra.

Sa chith. C U 8.00 pm.

***

Ní dhearna Aisling aon staidéar an lá sin. Chaith sí cúpla uair an chloig ag léamh. Bhí cnuasach deas leabhar faighte aici don Nollaig agus bhí sí sáite i gceann acu.

Shuigh sí ar an tolg sa chistin, in aice na fuinneoige. Bhí an seomra te teolaí – bhí an sorn ag dó adhmaid. Ba é seo an seomra ba chompordaí sa teach, ach de ghnáth bhíodh ar Aisling dul ag léamh ina seomra féin, nó sa seomra suí, a bhíodh beagáinín fuar i gcónaí. Mhothaigh sí suaimhneach ar an tolg. Lá geal a bhí ann. Grian íseal ag taitneamh sa ghairdín. Crainn mhóra ag bun an ghairdín, na géaga loma ag breacadh na spéire. Cuma chiúin, shocair ar an bhféar tais. An-chuid éanlaithe ag eitilt isteach is amach sna sceacha, fuadar orthu ar thóir an bhia sna boscaí beaga a bhí crochta as na crainn úll ag Eibhlín. Gach saghas éin. Níor aithin sí ach an lasair choille agus an rí rua, chomh maith leis na gnáthchinn: an gealbhan agus an lon dubh. An cág agus an snag breac. An colúr. Bhí spideog ramhar ag preabadh timpeall ar an bpaitió.

Ibsen laistigh, ar a chathaoir uillinn féin. Thug sé sracfhéachaint ar na héin, ach bhí sé róleisciúil chun dul amach ag fiach. Bhí cloigín ar a mhuineál aige agus bhí a fhios aige nach raibh seans ann go mbéarfadh sé ar éan ar bith. Ar aon nós, ba mhó an dúil a bhí aige sa *pâté* (*pâté* cait) a thugadh a úinéirí dó ná i spideoga. Níorbh aon dóithín é Ibsen.

Nuair a bhíodh Aisling ag léamh, thumadh sí í féin sa scéal, agus ní thugadh sí aird ar bith ar aon rud eile, ar an saol a bhí ag dul ar aghaidh timpeall uirthi. Níor airigh sí an t-am ag imeacht. Baineadh geit aisti nuair a dhún sí an t-úrscéal. Bhí dhá uair an chloig sleamhnaithe thart i ngan fhios di. De réir an chloig bhí sé leathuair tar éis a trí. Bhí an chistin beagáinín níos fuaire. Bhí dearmad déanta aici ar adhmad a chur sa sorn. Bhí an tine imithe i léig nach mór. Ní raibh adhmad sa chiseán. Chuaigh sí amach sa ghairdín chun tuilleadh a fháil.

Bhí an tráthnóna feanntach fuar. Dath liath ar an spéir anois. Gan gíog as na héin. Bhí siad ag dul a chodladh cheana féin, nó pé rud a dhéanaidís istoíche. As amharc, istigh sna sceacha. Bhí lon dubh amháin ar an bplásóg agus cuma uaigneach air. Líon sí an ciseán le bloic – bhí cruach mhór adhmaid i dtigín a thóg Eoin féin, timpeall an chúinne ón gcistin. Bhí na píosaí adhmaid go hálainn, shíl sí. Craiceann donn, ór laistigh. Boladh na gcoillte orthu. Ba thrua iad a dhó.

Bhí sí ag crith leis an bhfuacht nuair a d'fhill sí ar an teach, ualach trom aici. Ba dheas é an doras a dhúnadh agus an teas a mhothú. Chuir sí trí bhloc adhmaid ar an tine, agus bhog timpeall iad chun aer a ligean isteach.

Thuirling Ibsen dá chathaoir agus chuimil é féin dá cos.

'Ó, a thiarcais! Tá ocras ort!'

Fuair sí canna beag. *Pâté* lachan. Ba bheag rud a thaitin le hIbsen chomh mór le hae lachan. Bhí boladh láidir ón stuif a chuir déistin uirthi féin. Ach chuir an boladh sin gliondar ar chroí beag Ibsen. Tháinig sceitimíní air, thosaigh sé ag meamhlach go hard.

'Táim ag teacht! Ná bíodh eagla ort. Nílimse chun an stuif seo a ithe!'

Chuir sí an stuif gránna ina mhias. Bhí an mhias folamh

laistigh de leathnóiméad.

Cad a d'íosfadh sí féin?

Turcaí. Cad eile?

Rinne sí ceapaire. Turcaí, *mayo*, tráta. Sceallóga. Cupán tae. Shuigh sí ag an mbord mór.

Bhí Ibsen ar ais ina chathaoir, agus é ina chodladh, meangadh gáire ar a smut beag cantalach, shílfeá.

D'ith sí an ceapaire.

Bhí sí in ann í féin a chloisteáil, ag cogaint an turcaí. Agus na sceallóga.

Srann bheag ón gcat.

Bhí an teach an-chiúin.

An oíche ag titim go tapa. Na sceacha cheana féin faoi scáth dubh na hoíche.

Nuair a bhí an ceapaire ite aici, shiúil sí timpeall an tí.

Amach sa halla fada. An ghloine dhaite sa doras ag glioscarnach, dearg agus glas agus gorm. An solas lag. Isteach sa seomra bia – seomra nár úsáid siad ach anois is arís, do dhinnéar na Nollag, mar shampla. An bord cosúil le loch uisce, dorcha, sleamhain. Na cathaoireacha ina seasamh ar nós scáileanna. Na pictiúir ar an mballa – teibí, ildaite – cosúil le súile dúnta.

Bhí an chuma ar an teach ar fad go raibh sé marbh. Nó tar éis titim a chodladh ar feadh céad bliain, cosúil leis an gcaisleán sa scéal iontais sin. Róisín Dearg.

Cé go raibh crann mór Nollag sa seomra suí, bhí an chuma sin air. Bhí na cathaoireacha agus na toilg agus na pictiúir ina gcodladh. An crann féin, shílfeá go raibh sé tar éis éirí as, ar pinsean nó ar saoire, ag feitheamh leis an gcéad Nollaig eile.

An pianó.

Sheinn sí cúpla nóta.

Rinne siad macalla sa teach folamh.

Na scáileanna ag líonadh na seomraí ar nós téada damhán alla. Nó síoda dubh.

Bhí an teach seo beo inné, lán d'fhuinneamh.

Is mar sin a bhíodh sé go hiondúil.

Ach bhí an spleodar go léir imithe as anois. Bhí sé chomh ciúin agus chomh huaigneach leis an uaigh.

Rith sé le hAisling gur cheart di na soilse ar an gcrann a lasadh.

Chuir sí an phlocóid isteach. Las an crann suas. Soilse ildaite, ar nós milseán, agus na céadta maisiúchán de gach saghas. Ní raibh orlach den chrann nach raibh clúdaithe le maisiúcháin.

Chuir an crann beocht arís sa seomra.

Chuir sí dlúthdhiosca ar siúl.

Bhí an teach beo arís.

Níorbh fhada go mbeadh sé beo bríomhar.

Athbhliain faoi mhaise!

Ag a hocht a chlog bhuail Sara isteach.

Ní raibh sí ina haonar.

'Bhuail mé le Irene agus Conall ar an mbus,' a dúirt sí.

Bheannaigh Irene agus Conall d'Aisling. Bhí súilaithne aici orthu, ach b'in a raibh ann. Bhí Irene sa scoil chéanna léi ach i rang eile agus bhí Conall i scoil eile ach bhíodh sé ag crochadh thart le daltaí i scoil Aisling. Shiúil siad beirt tríd an halla agus isteach sa chistin. Gan chuireadh.

Bhí Sara agus Aisling fós sa halla.

'Cad atá ar bun agat?' Bhí Aisling corraithe.

'Éirigh as, a Aisling.' Meangadh ar Sara. 'Níl tú ag iarraidh Oíche Chinn Bhliana a chaitheamh ag breathnú ar an *Late Late*, an bhfuil?'

'Nílim ag iarraidh cóisir a bheith agam anseo. Dúirt mé sin leat.'

Rinne Sara gáire.

'Níl anseo ach mise agus beirt chairde. Ní thabharfainnse

cóisir air sin!'

Chuaigh siad isteach sa chistin.

Bhí Conall ina shuí ar an tolg, canna beorach oscailte aige cheana féin agus é á ól.

Irene ag an gcuisneoir, ag scrúdú a raibh ann.

Bhreathnaigh sí suas nuair a tháinig Aisling isteach.

'Tá ocras an domhain orm!' ar sise. 'Chaith mé an lá sa chathair ag na sladmhargaí agus níor ith mé greim ó mhaidin. 'Bhfuil aon rud agat seachas turcaí?'

Cailín ard í Irene a raibh folt dubh gruaige uirthi síos go dtína coim. Mionsciorta an-bheag á chaitheamh aici. Stocaí dubha. Bhí láirigeacha móra uirthi. Agus colpaí móra. Buataisí beaga ísle a chuir cuma níos mó fós ar na colpaí, b'fhéidir.

'Cáis?' a chuala Aisling í féin a rá. 'Tá cannaí tuinnín sa chófra. *Pâté* in áit éigin.'

D'oscail Ibsen súil amháin nuair a chuala sé an focal sin. Ach tháinig grainc ar Irene.

'Is fuath liom *pâté*. 'Bhfuil sceallóga agaibh?'

Bhreathnaigh Aisling ar Sara. Feic tusa! Ach bhí Sara ina suí in aice le Conall, canna beorach ina lámh aici siúd freisin.

‘Tá na sceallóga sa reoiteoir.’

‘Cá bhfuil sé?’

‘Sa gharáiste.’

Amach le Irene go dtí an garáiste.

Chomh luath agus a d’oscail sí an doras d’éalaigh Ibsen amach go dtí an gairdín. Ní raibh dúil ar bith aige i strainséirí ach oiread lena úinéir.

‘Brr!’ arsa Irene, ag filleadh, mála plaisteach sceallóg aici ina glac. Bhí blúiríní beaga sneachta ar a cuid gruaige, ar nós sail chnis.

Bhreathnaigh sí timpeall an tseomra. ‘Tá sé deas te istigh anseo. Cuir adhmad ar an tine sin, a Chonaill!’ Thug sí cic beag cairdiúil dó.

‘’Bhfuil domhainfhriochtóir agaibh?’ a d’fhiafraigh sí ansin.

Chroith Aisling a ceann.

‘Is sceallóga oighinn iad,’ a dúirt sí, i nguth beag searbh.

‘Trua sin,’ arsa Irene. ‘Is fearr go mór liom na cinn fhriochta.’

Ghlaoigh sí ón sorn.

'Aon duine agaibhse ag iarraidh sceallóga?'

'Tá, ba bhreá liom cúpla ceann,' arsa Conall.

Dhoirt sí an mála ar fad amach i mias a fuair sí i dtarraiceán. Chuir sí an t-oigheann ar siúl, agus bhrúigh an mhias isteach.

'AGA!' a dúirt sí. 'Nach deas an áit atá agat anseo!'

'Áthas orm go n-oireann sé duit,' arsa Aisling.

***

D'ullmhaigh Irene béile breá di féin agus dóibh siúd a bhí ag iarraidh ithe. Uibheacha, bagún, pónairí bácáilte. Na sceallóga. Thóg sí buidéal fíona ón gcófra agus d'ól gloine.

'Ní ólaim fíon,' arsa Aisling, nuair a thairg sí roinnt fíona di.

'Cén aois thú?'

'Cúig bliana déag.'

Chroith Irena a ceann.

'Ó bhuel, beidh níos mó ann domsa.'

'Is le mo thuismitheoirí an fíon sin,' arsa Aisling. 'Níl a fhios agam ...'

Rinne Irene gáire.

'Ná bíodh eagla ort. Cuirfidh mé buidéal eile ar ais ina áit amárach.' Thug sí sracfhéachaint ar an lipéad. 'Châteauneuf-du-Pape 1985.' Thóg sí slog as an mbuidéal. 'Níl sé olc.'

***

Tháinig dream eile ag a naoi, buíon daltaí ó rang Aisling agus Sara. Ar a laghad bhí aithne aici orthu. Bhí a ndeochanna féin acu freisin, agus ní dhearna siad iarracht bia ná deoch a thógáil ón stóras a bhí sa teach.

Shuigh Aisling sa seomra suí leis an slua beag seo.

Bhí siad an-tógtha leis an gcrann Nollag.

'Ní fhaca mé riamh crann chomh mór leis, i dteach ar bith,' a dúirt Róisín.

'Tá sé beagnach chomh mór leis an gceann a bhíonn acu ar Shráid Uí Chonaill,' a dúirt Conall.

'Crann plaisteach atá ansin,' arsa Róisín.

'Bhíodh crann ceart acu uaireanta.'

Bhí argóint ann ansin, faoi cathain a d'éirigh bardas na cathrach as crann nádúrtha a chur ar Shráid Uí Chonaill, agus faoi cé acu ab fhearr, é sin nó an ceann bréige. Agus lean siad ar aghaidh ag caint faoi cad ba bhrí le 'nádúrtha' agus cad ba bhrí le 'bréige'. An raibh an crann bán sin, déanta as plaisteach nó adhmad nó rud éigin, bréagach? An raibh gach rud ar an domhan nádúrtha nuair a smaoinigh tú air?

Tháinig Conall chun suí in aice le hAisling, ar an tolg os comhair na tine amach.

'Níl tú ag ól tada,' ar sé. ''Bhfuil tú ag iarraidh canna?'

'Ní ólaim beoir,' a dúirt sí.

'Tá cóc agam.' Thóg sé canna as a mhála agus thairg di é. Ghlac sí leis cé nach raibh sí ceanúil ar chóla. Bhí rud éigin faoi Chonall a bhí difriúil le daoine eile. Níor theastaigh uaithi a bheith drochmhúinte leis.

'Tá tú an-fhlaithiúil,' a dúirt sé.

'Cad atá i gceist agat?'

'Cuireadh a thabhairt dúinn go léir teacht anseo anocht.'

'Cé a dúirt gur thug mé cuireadh daoibh go léir?'

'Sara.' Bhreathnaigh sé uirthi. 'An amhlaidh nach raibh sé sin fíor?'

Rinne sí a guaillí a shearradh.

'Is cuma,' a dúirt sí. 'Tá mo thuismitheoirí as baile. B'fhéidir go bhfuil sé chomh maith agam comhluadar a bheith agam anocht.'

'Cad ba mhaith leat a dhéanamh? Oíche Chinn Bhliana? Cad a dhéanann tú de ghnáth?'

'De ghnáth bím i dTír Chonaill, le mo thuistí. Tá siadsan ann anois. Bíonn béile deas again. Ansin téimid síos go dtí an teach tábhairne taobh leis an gcuan. Bíonn gach duine sa pharóiste ann. Bímid ag rince agus ag meán oíche téimid lasmuigh ar an trá más féidir agus canaimid 'Auld Lang Syne'. Agus pógaimid go léir a chéile, nó croithimid lámha agus deirimid, Athbhliain faoi mhaise duit agus Go mbeirimid beo ar an am seo arís. Ansin téimid abhaile.'

Rinne sé miongháire.

'Déarfainn go mbíonn sé sin togha. An áit dheas é?'

Smaoinigh sí ar Phort an tSalainn. An trá órga. Na sléibhte ar nós veilbhite. Na tithe beaga bána scaipthe ar an machaire.

'Tá sé go deas más béar bán thú.'

'Tá Cluain Tarbh féin cosúil leis an bPol Thuaidh anocht.

Ar mhaith leat dul amach ag breathnú air?'

Chuaigh siad amach.

Bhí sneachta ag titim agus an tsráid agus na gairdíní faoi bhrat bán. An spéir lán de réaltaí.

'Féach!' Shín sé méar i dtreo na spéire. 'Véineas. Tá sí thar a bheith mór geal anocht.'

'Conas a aimsíonn tú í?'

'Aithníonn tú an céachta, is dócha?'

'Aithním.'

'Tá sí díreach ar thaobh na láimhe deise den chéachta. An bhfeiceann tú?'

'Feicim.'

'An réalta is áille sa spéir.'

Bhreathnaigh sé cosúil leis na réaltaí eile, dar le hAisling. Ach beagáinín níos mó.

'An gcreideann tú go bhfuil daoine ar na pláinéid eile,' a dúirt sí, ar mhaithe le rud éigin a rá.

'Daoine? Ní dóigh liom é. Ach bheadh sé aisteach mura mbeadh beatha de shaghas éigin ar phláinéad eile, seachas ar an domhan s'againne. Nach mbeadh?'

'Chruthaigh Dia an Domhan,' arsa Aisling.

Stad sé.

'An gcreideann tú sin?'

'Níl a fhios agam,' arsa Aisling.

'Pé rud é, fiú amháin dá mbeadh Dia ann, cén fáth nach gcruthódh sé pláinéad eile a mbeadh créatúir air? Cén fáth a stopfadh sé tar éis pláinéad amháin a chruthú?'

'Níor smaoinigh mé air sin riamh.'

Bhí an tsráid an-chiúin. Na crainn ar nós creatlacha. Soilse sna fuinneoga, crainn Nollag in a lán acu. Ach gach rud ciúin agus bán agus séimh. Ní raibh sí fuar, fiú – a cóta mór uirthi, a hata beag teolaí.

'Táim fuar.' Ní raibh cóta ceart ar Chonall. Anorac éadrom, gan caipín ná lámhainní. 'Téimis ar ais.'

***

Bhí an teach lán go béal le daoine nuair a bhain siad amach é. Leathchéad ar a laghad. Iad i ngach áit. Sa halla, sna seomraí thíos staighre, ar an staighre. Sna seomraí leapa.

'Ó mo dhia!' Tháinig scanradh ar Aisling. 'Cad atá ag tarlú?'

Is ar éigean a bhí sí in ann a cóta féin a chrochadh sa halla, bhí an oiread sin daoine ann.

'Stocairí,' arsa Conall. 'Daoine a chuala go raibh cóisir ar siúl anseo.'

'Ach cad is féidir a dhéanamh?'

Bhí Sara fós sa chistin, ar an tolg ansin in éineacht le buachaill darbh ainm Seán. Bhí beirt eile in éineacht léi.

'Oops!' a dúirt sí nuair a chonaic sí Aisling. ''Bhfuil tú happy?'

'Níl,' arsa Aisling. 'Tá an teach lán de dhaoine nach bhfuil aithne agam orthu. Ní ...'

Bhí sí chun a rá, 'Níl aon cheart agat é sin a dhéanamh.' Ach thosaigh Sara ag scig-gháire. Thosaigh sí ag crith le neart gáire. Tháinig fearg uafásach ar Aisling.

'Déan rud éigin faoi! Déan rud éigin! Stop an scigireacht sin!'

Ach ní raibh neart ag Sara air.

'Tá cuma chomh haisteach sin ort!' a dúirt sí. 'Tá tú cosúil le Locky nuair a bhíonn sí ar thóir troda!'

Locky an príomhoide.

Shíl Sara, ní foláir, go raibh an tsamhail seo an-ghreannmhar ar fad, mar phléasc sí amach ag gáire arís agus níor fhéad sí éirí as.

Chas Aisling ar a sála. Chuir Conall a lámh timpeall uirthi.

'Déanfaidh mé iarracht iad a choimeád faoi smacht.' Labhair sé os íseal. 'Ní fiú a bheith ag iarraidh an ruaig a chur orthu. Níl siad chun imeacht.'

Ní raibh ar chumas roinnt mhaith de na haíonna seasamh, gan trácht ar imeacht in áit ar bith.

'Ach ...'

'D'fhéadfá fios a chur ar na gardaí? Uaireanta cuireann sé sin fuadar fúthu.'

Na Gardaí? Cúpla uair an chloig ó shin, bhí sí ina haonar, ag caint leis an gcat. (Agus cá raibh sé, dála an scéil?) Agus anois bhí sí ag smaoineamh ar ghlaoch a chur ar na Gardaí. Agus Sara ba chúis leis seo ar fad. Sara, a cara, a páirtí.

Ag an nóiméad sin, tharla tuairt uafásach.

Rith sise agus Conall isteach sa seomra suí. Bhí gach rud ceart go leor ansin. Is é sin le rá, bhí daoine ar fud na háite, ar na troscáin, faoi na troscáin, ar an urlár. Iad ag ól agus ag caitheamh tobac agus hais, iad ag pógadh agus ag suirí, iad ag canadh agus ag caint agus ag argóint agus ag éisteacht le ceol.

Sa seomra bia bhí ciúnas iomlán. Iad sin a bhí bailithe sa seomra sin ina suí ina dtost, gan cor ná car astu. Shílfeá gur dheilbh iad, cruthaithe as cloch. Ba é an chúis a bhí leis an gciúnas ná go raibh an drisiúr leagtha. Bhí sé ina luí i lár an urláir ar nós ainmhí marbh. Gréithe scaipthe mórthimpeall air, ina smidiríní. Gloine bhriste ar fud na háite.

Thóg sé roinnt soicindí ar Aisling an radharc a thuiscint.

''Íosa Críost! Cad a tharla?'

Bhí scéin ar na haghaidheanna a bhí bailithe roimpi. D'aithin sí duine nó beirt. Irene, agus í chomh bán le sneachta. Seán Ó hEidhin ón séú bliain. Strainséirí den chuid ba mhó, áfach.

Ní raibh smid as aon duine acu. Tost iomlán. An clampar agus an ruaille buaille sa seomra eile mar a bheadh tonnta ag briseadh ar thrá i bhfad i gcéin.

'Cé a rinne é?' arsa Conall.

Spreag an cheist sin iad. Cosúil le lucha ag rith ón gcat, thosaigh siad uile ag éalú.

Níorbh fhada go raibh an seomra bia folamh.

Fíorchairde

Mar sin féin, níor chríochnaigh an chóisir go dtí meán lae ar Lá Caille.

Cé gur chuir an tubaiste sa seomra bia an ruaig ar roinnt mhaith den lucht ragairne, níor chuir sé isteach ná amach ar a thuilleadh acu. Níor thug siad faoi deara é fiú. Lean an ceiliúradh go dtí gur thit siad ina gcodladh uair éigin roimh bhreacadh an lae.

Diaidh ar ndiaidh, tharraing siad iad féin as pé poll ina raibh siad, agus shleamhnaigh siad amach as an teach.

Ag am lóin, ní raibh fágtha ach Conall agus Irene. Agus Aisling féin, gan amhras.

'Tá an teach ar nós láthair chatha,' arsa Irene. Lig sí osna agus cheangail a cuid gruaige suas ar a ceann i bpónaí. 'Cathain a bheidh do thuismitheoirí ag teacht abhaile?'

'Amanathar,' arsa Aisling.

'Cad is brí leis sin?' arsa Conall.

'An lá tar éis an lae amárach.'

'Amanathar!' Thug Irene sracfhéachaint timpeall an tseomra suí. 'Ceart! Seans go mbeidh sé curtha ina cheart faoin am sin.' Bhí cupáin agus plátaí, gach saghas bia, sceanra, gloiní, buidéil agus cannaí, caite mórthimpeall. Bhí an t-urlár clúdaithe le rud éigin – láib, nó ola, nó leacht de shaghas éigin.

Lasmuigh, an gairdín faoi chlúid bhán sneachta, chomh glan le haingeal.

'Ibsen!' arsa Aisling.

'Cad é?'

'Mo chat. Níl sé anseo.'

Chuaigh sí go dtí an doras agus ghlaoigh air.

'Ibsen, Ibsen, puis puis puis.'

Freagra ní bhfuair sí.

Ná ní raibh lorg a lapaí le feiceáil sa sneachta.

'Fillfidh sé,' arsa Conall, ag leagan lámh go ceansa ar a gualainn. 'Nuair a thuigeann sé go bhfuil gach rud mar ba cheart dó a bheith, tiocfaidh sé abhaile. Ná bíodh imní ort.'

Ach bhí imní uirthi.

***

D'fhág Irene agus Conall thart faoina sé a chlog. Bhí slacht éigin ar an teach faoin am sin cé nach raibh sé fós mar a bhí an bhliain seo a chuaigh thart. Inné. Gach rud nite, na hurláir scuabtha, saghas eagair air. Bhí na fuinneoga oscailte chun ligean do na bolaithe éagsúla éalú, cé go raibh sé fós an-fhuar. Ní raibh sé ag cur sneachta a thuilleadh, ach bhí an sneachta fós ina luí ar an talamh.

D'éirigh leo an drisiúr a ardú agus a chur ina sheasamh arís. Ní raibh sé briste. Ach bhí roinnt mhaith de na gréithe imithe ina smionagar. Bheadh ar Aisling an scéal a mhíniú d'Eibhlín agus do Dhaid. Bheadh Eibhlín ar buile. Bhí roinnt de na rudaí sin an-ársa. Ba le seanmháthair Eibhlín iad. Lena sin-seanmháthair fiú. Cuid acu a chuaigh siar go dtí Ádhamh agus Éabha, dá mb'fhíor d'Eibhlín. Cuid eile, ba bhronntanais phósta iad. Bheadh fíorbhrón uirthi go raibh siad briste. Agus an gcreidfidís nach raibh cuid den locht ar Aisling féin?

Chuaigh sí go dtí an doras arís, ag glaoch ar Ibsen.

Bhí sí cinnte anois go raibh sé i gcruachás. Bhí an aimsir chomh fuar sin. Seans maith go raibh an cat bocht reoite in áit éigin. Nó marbh ar an mbóthar. Bhí ciall tráchta aige, ach mar sin féin, níor chuimhin léi go raibh sé riamh imithe ó bhaile chomh fada seo. Ceithre huaire an chloig is fiche anois.

An chéad uair riamh d'Aisling a bheith sa bhaile ina haonar, agus an slad uafásach seo mar thoradh air. Ní ligfí di fanacht sa teach ina haonar go deo arís. (Agus ní bheadh fonn uirthi é a dhéanamh ach an oiread.)

Sara.

De ghnáth nuair a bhíodh aon rud ag cur isteach uirthi chuireadh sí glaoch ar Sara, chun na fadhbanna a chur faoina bráid. Ach níorbh fhíorchara í Sara. Ní fhéadfaí brath uirthi go deo arís tar éis a ndearna sí inné.

Irene.

Duine maith ab ea Irene. Bhí sí údarásach thar mar ba ghnách. Ach ise a thug lámh chúnta in am an ghátair. Mar sin féin, bhí a fhios ag Aisling nach mbeadh sí mar chara aici. Bhí sí ró-éagsúil léi – níos sine, agus dearcadh saoil eile ar fad aici.

Bhí sí ina suí sa chlapsholas, na smaointe brónacha seo ag rith trína hintinn, nuair a buaileadh clog an dorais.

Is ar éigean a bhí sé de mhisneach aici é a fhreagairt.

Cé a bheadh ann an babhta seo?

Cén strainséir a sheolfadh isteach sa teach, gan chuireadh, len é a lot, anocht?

Chuaigh sí in airde staighre agus bhreathnaigh amach fuinneog sheomra a tuismitheoirí.

Bhí radharc ón bhfuinneog sin ar dhoras an tí.

Fear a bhí ann. Cóta mór, hata fionnaidh. Ní raibh sí ábalta a aghaidh a fheiceáil. Ach ar a laghad bhí a fhios aici gur duine aonair a bhí ann, seachas slua. Agus duine fásta a bhí i gceist freisin. Ní raibh éadaí mar sin ag déagóir ar bith.

Rith sí síos agus d'oscail an doras.

Bhí an fear ar a bhealach amach go dtí an geata.

'Fan, fan!' ar sise.

D'iompaigh sé.

Éamonn.

***

'Ní raibh a fhios agam go raibh Eibhlín as baile,' ar sé. Bhí siad sa chistin.

'Beidh sí ar ais ar an Satharn,' arsa Aisling. Smaoinigh sí. 'Agus Daid.'

Cé go mbeadh Daid ag imeacht arís ar an Domhnach.

'Is deas é seans a bheith agat a bheith i d'aonar sa teach,' arsa Éamonn. 'Nach deas?'

'Ó, is ea,' arsa Aisling. 'An-deas.'

Ansin, gan choinne ar bith aici leis, bhris na deora uirthi.

Chuaigh sé go dtí an doirteal agus fuair blúire páipéir cistine.

'Tá tú ceart go leor.' Shuigh sé os a comhair amach.

Chaoin sí agus chaoin sí.

'Déanfaidh mé cupán tae duit.'

Níor dhiúltaigh sí don tairiscint.

Chuir sé an citeal ag beiriú agus d'éirigh leis an tae agus cupán agus bainne agus siúcra a aimsiú. Fuair sé na brioscaí freisin. Rinne sé cupán di siúd, agus ceann dó féin. Chuir sé muga ar an mbord, agus an paicéad brioscaí.

'Ól é,' a dúirt sé. 'Ní gá duit aon rud a rá. Pé rud is maith leat.'

Bhí an tae te. Agus an-mhilis. Níor thóg Aisling siúcra ina cuid tae go hiondúil, ach bhain sí taitneamh as an milseacht anois.

Shuigh seisean ag an mbord agus d'ól a chuid tae féin.

Ar feadh tamaillín níor labhair ceachtar acu. Tost iomlán ar feadh cúig nóiméad. Tréimhse fhada é cúig nóiméad i do thost agus comhluadar agat, comhluadar ar strainséir é beagnach. Ach níor airigh Aisling míchompordach. D'ól sí a cuid tae, sa chiúnas, agus diaidh ar ndiaidh mhothaigh sí níos fearr.

'Tháinig mo chara Sara aréir. Ansin go tobann bhí slua sa teach.'

'Conas a mhothaigh tusa faoi sin?'

'Níl a fhios agam. Bhí imní orm. Bhí eagla orm. Ní raibh mé ábalta aon rud a dhéanamh faoi. Na mílte daoine i mo theach.'

'An ndearna Sara aon rud faoi?'

'Ní dhearna. Dúirt sí go raibh brón uirthi.'

Scrúdaigh sé an seomra.

'Tá an chuid is measa den díobháil glanta suas.'

Mhínigh sí dó gur chabhraigh Irene agus Conall léi an glanadh suas a dhéanamh. Agus go raibh a lán gréithe briste.

'Is trua sin. Ach tuigfidh do mháthair.'

Ní raibh Aisling ródhóchasach maidir leis sin.

'Ní ortsa a bhí an locht.' D'fhéach sé uirthi. 'Níl aon chuid den locht ortsa.'

Rinne sé miongháire agus thóg a lámh ina lámh féin. Bhí a lámh mór agus breá te. Is ansin a thug Aisling faoi deara go raibh sí féin an-fhuar.

''Bhfuil a fhios agat cad ba cheart duit a dhéanamh?'

Chroith sí a ceann. Bhí sí fiosrach. Bheadh réiteach aige ar an scéal.

'Cuir glaoch ar do thuismitheoirí anois, agus inis dóibh cad a tharla.'

Ní raibh fonn ar bith ar Aisling sin a dhéanamh.

'Creid uaim é! Is fearr a bheith macánta i gcónaí.'

***

Ní raibh fearg ar Eibhlín nuair a chuala sí an scéal, ach imní.

''Bhfuil tú ceart go leor?'

'Tá na gréithe go léir briste.'

'Och ... is cuma liom fúthu. Fad is atá tú féin ceart go leor.'

'Táim go maith. Tá gach rud ceart go leor anois ach na gréithe.'

'Aisling bhocht! A thaisce. Tiocfaimid abhaile amárach.'

'Ní gá,' arsa Aisling, go tapa.

Ach bhí a fhios aici go mbeidís ar ais. Agus bhí áthas uirthi faoi sin.

***

'Bhí an ceart agat,' arsa sise le hÉamonn.

'Go maith,' ar seisean. 'An mothaíonn tú níos fearr anois?'

'Mothaím,' arsa Aisling.

'De ghnáth, is fearr gan drochscéal a chur ar athlá.'

'Is dócha go bhfuil an ceart agat.'

'An mbeidh tú ceart go leor anseo anois i d'aonar? Is féidir liom fanacht tamaillín más maith leat. Tá scannán maith ar TG4.'

Casablanca.

'Níl *Casablanca* feicthe agam cheana.'

Bhí sí amhrasach, ach cén dochar breathnú ar scannán leis?

'Tá sé feicthe agamsa dhá uair déag. Beidh sé go hiontach breathnú air le duine nach bhfaca riamh cheana é.'

Don tríú huair déag, a smaoinigh Aisling agus bhí sí ar tí é a rá.

Ar an nóiméad sin, chuala sí rud éigin ag scríobadh an dorais. D'aithin sí an scríobadh sin!

'Ibsen!'

Conradh

Bheartaigh Aisling gan an fón a fhreagairt an chéad uair eile a ghlaofadh Sara uirthi. Ní raibh sí chun freagra a thabhairt ar a cuid téacsanna ach an oiread, agus níor bhac sí le hadmháil ar bith a thabhairt ar na grianghraif den chóisir uafásach a cuireadh suas ar an Idirlíon.

Ach ní raibh uirthi aon stró a chur uirthi féin maidir le gan bheith i dteagmháil le Sara. Mar níor chuir Sara glaoch ar bith uirthi siúd, ná teachtaireacht ná téacs.

Fuair sí ceann ó Chonall, áfach.

> Súil agam nár chaith do thuismitheoirí isteach sa phríosún thú.

Agus ghlaoigh Irene, ag fiafraí an raibh gach rud ceart go leor maidir leis na tuismitheoirí.

B'in a raibh.

D'imigh Daid ar ais go Manainn, agus as sin go dtí an tancaer sa Mhuir Thuaidh. Ní bheadh sé ar ais go dtí aimsir na Cásca. Bhí an triúr acu ag caoineadh agus é ag imeacht leis go dtí an t-aerfort.

'Beimid i dteagmháil ar Skype! Agus cuir glaoch orm uair ar bith!' a dúirt sé le hAisling. 'Táim ar fáil i gcónaí, tá a fhios agat sin.'

Bhí a fhios sin aici.

Ach bhí sí croíbhriste. Ní hionann íomhá agus guth ar scáileán agus duine daonna i ngar duit. Ní hionann Skype agus duine a bheith i láthair i do shaol. Ní hionann Skype agus a bheith in éineacht leat.

Cé gur fearr Skype ná faic. Gan amhras.

***

Bhí an aimsir go huafásach, fuar stoirmiúil. Eanáir. Ní raibh fonn ar Aisling mórán a dhéanamh. Chaith sí an chuid eile de na laethanta saoire sa bhaile, ag léamh agus ag breathnú ar scannáin. Níor tháinig Éamonn timpeall go dtí an teach arís. Chuala sí Eibhlín ag cadráil leis ar an bhfón agus bhí cruinniú aici leis sa chathair, ach b'in an méid. Smaoinigh Aisling air go minic. Bhí oíche thaitneamhach acu, ag breathnú ar *Casablanca.* Shíl sí gur scannán cuibheasach leadránach a bhí ann agus ní raibh fonn uirthi féin féachaint arís air. Ach bhí sé go deas breathnú air le hÉamonn, toisc gur chuir seisean an oiread sin spéise ann.

***

Bhí áthas uirthi nuair a d'oscail an scoil arís.

Bhí an seomra ranga fuar, tar éis a bheith dúnta suas gan aon teas ar feadh coicíse. Boladh taise ann. Na daltaí drogallach ag teacht isteach, crosta toisc go raibh orthu éirí go moch ar maidin agus é fós dorcha, tar éis shos na Nollag agus an codladh breá fada a bhí acu gach lá.

Bhí Aisling istigh roimh fhormhór na ndaltaí eile. Bhí duine nó beirt a bhí ag an gcóisir ann. Cormac agus Emma. An uair dheireanach a chonaic sí iadsan bhí duine acu ina luí ar an urlár i mbaclainn ógánaigh agus an duine eile ar meisce sa halla, ina chodladh ag bun an staighre agus daoine eile ag dreapadh air chun dul in airde go dtí an leithreas. Ach níor luaigh aon duine acu an ócáid. Seans go raibh dearmad déanta acu air faoin taca seo. Nó seans nár thuig siad gur i dteach Aisling a tharla sé.

Ag caint faoi na laethanta saoire a bhí siad. Bhí duine nó beirt tar éis a bheith thar lear, in Lanzarote agus san Éigipt agus sa Téalainn; daoine eile i dtithe samhraidh in iarthar na hÉireann. Ach chaith a bhformhór an tsaoire sa bhaile.

Cá raibh Sara?

Bhí Aisling ar buile léi. Ach ag an am céanna theastaigh uaithi, anois, bualadh léi. Rudaí a phlé. Míniú a fháil ar ar tharla. Bhí sí ag tnúth le hí a fheiceáil.

Bhuail an clog.

Tháinig an múinteoir isteach. Bean Uí Cheallaigh, an múinteoir matamaitice.

Bhí sí muinteartha. Thosaigh sí ag caint leo faoi shaoire na Nollag, agus á gceistiú. An raibh sos deas acu? An ndearna aon duine rud as an ngnáth?

Rinne Aisling. Ach níor labhair sí faoi.

Ghlac Gráinne an deis le cur síos fada a dhéanamh ar an tseachtain a chaith sí ar an Muir Rua.

'An Iorua?'

'An Mhuir Rua. *The Red Sea*. San Éigipt.'

Bhí suim ag Bean Uí Cheallaigh sa chuntas. Bhí sí féin tar éis seachtain a chaitheamh ar oileán Mhaidéara.

Bhí fiche nóiméad gafa thart sular luigh sí isteach ar an obair ar shín agus cos.

***

'Cá bhfuil Sara?' a chuir Aisling i dtéacs chuig Gráinne, nuair a bhí Bean Uí Cheallaigh ag scríobh ar an gclár dubh.

Ní bhfuair sí ach ? mar fhreagra.

Ag an mbriseadh idir na ranganna, d'fhiafraigh sí de roinnt daoine eile. Ach ní raibh aon scéala acu.

'Faoin dtor!' arsa duine amháin.

'Is dócha go bhfuil slaghdán nó rud éigin uirthi. Cuir téacs chuici,' arsa Gráinne.

Cé go raibh drogall ar Aisling sin a dhéanamh tar éis an tost fhada, chuir sí téacs chuig Sara.

Ach ní bhfuair sí freagra.

***

An oíche sin, agus í sa bhaile i mbun a cuid oibre baile, tháinig glaoch chuici ar an líne talún.

Máthair Sara a bhí ann.

'Tá Sara san ospidéal,' a dúirt sí.

Ó mo Dhia!

Ar an dara lá den bhliain nua, d'éirigh sí go dona tinn. Ní raibh a fhios ag an dochtúir cad a bhí uirthi. D'éirigh sí níos measa agus ar an tríú lá chuaigh sí go dtí an t-ospidéal. Bhí a haipindic tar éis pléascadh.

'Tá biseach ag teacht uirthi. Bhí sí an-olc. Beidh sí san ospidéal seal eile ach beidh sí ceart go leor.'

D'fhiafraigh Aisling an mbeadh cead aici cuairt a thabhairt ar a cara.

'Is mór an trua é, ach níl cead aici cuairteoirí a bheith aici faoi láthair. Tá víreas éigin san ospidéal.'

'Abair léi go raibh mé ag cur a tuairisce.'

'Beidh sí sa bhaile sula i bhfad. Fáilte romhat bualadh timpeall chugainn ansin.'

***

'Tá sí in Beaumont,' arsa Aisling le Conall, an lá dár gcionn. 'Níl cead aici cuairteoirí a bheith aici.'

'Caithfidh go bhfuil sí go dona.'

'Is dócha gur cosc ginearálta atá i gceist. Tá ceann de na haicídí sin ag dul timpeall an ospidéil.'

Bhí siad ag siúl ar an mbóthar cois trá, ag dul abhaile ón scoil. Bhí sé déanach toisc go raibh siad beirt tar éis fanacht siar ag cleachtadh – peil ina chás siúd, cispheil i gcás Aisling. Bhí dorchadas na hoíche ar an mbruachbhaile, ar an bhfarraige, ar an oileán. An bóthar plódaithe le trácht an tráthnóna.

'Cathain a bheidh sí ar ais ar scoil?' arsa Conall.

'Níl a fhios agam. Táim chun cuairt a thabhairt uirthi sa bhaile nuair a bheidh sí ann – sula i bhfad, dúirt siad.'

'Is cairde maithe sibh?'

Rinne Aisling smaoineamh.

'Ba chairde maithe sinn. Go dtí an chóisir.'

'An chóisir? Ach ...' Bhreathnaigh sé uirthi agus ceist ina shúile.

'Ní raibh sé i gceist agamsa cóisir a bheith agam. Sara a thug le fios do dhaoine go raibh mo thuismitheoirí as baile.'

'Hm. Ach tá imní ort fúithi anois.'

Mhínigh sí an scéal dó. Agus chríochnaigh sí:

'Níl an oiread sin cairde agam!'

Rinne sé gáire.

'Tá an chuma ar an scéal go bhfuil na mílte cairde agat. Tá móréileamh ort!'

'Níl.'

'Sin a chreideann na leaideanna ar fad.'

Chuir sin ionadh ar Aisling. Ní dúirt sí ach 'Hm.'

Bhí siad tagtha go dtí an cúinne áit a raibh uirthi casadh chun a bóthar féin a ghabháil. Bhí cónaí ar Chonall níos faide ar aghaidh, áit éigin i bhFionnradharc nó i Marino.

'Seo é mo chúinne-se!' arsa Aisling.

'OK,' arsa Conall. Stad sé agus bhreathnaigh uirthi. Bhí sé ar tí rud éigin a rá. Ach d'fhan sé ina sheasamh ansin, ina thost.

'Slán.' Shocraigh Aisling a mála ar a droim. 'Feicfidh mé thú.'

'Oíche mhaith,' arsa Conall, agus bhrostaigh air síos an bóthar i dtreo na cathrach.

***

Bhí Eibhlín ar a ríomhaire ar an tolg sa chistin, áit ar chaith sí leath a saoil. Bhí oifig aici sa lochta ach b'annamh léi úsáid a bhaint as.

'Haidhe, a chroí. Bain rud éigin as an gcuisneoir duit féin. Caithfidh mé an preasráiteas seo a chríochnú. Bhí sé ag teastáil inné.'

Bhí cáipéisí de gach saghas, leabhair agus irisí, caite ar an mbord. Nuair a bhí sí faoi bhrú agus spriocdháta aici, bhíodh Eibhlín an-mhíshlachtmhar. Caithfidh go raibh feachtas mór éigin ar siúl aici. Níor theastaigh ó Aisling aon cheist a chur ina thaobh.

Chuardaigh sí an cuisneoir. Ní raibh mórán ann. Caithfidh go ndearna Eibhlín dearmad dul go dtí an t-ollmhargadh. Ní tharlódh sé sin dá mbeadh Daid thart.

D'aimsigh sí iógart nach raibh as dáta, agus blúire cáise. An t-arán a bhí sa bhosca aráin bhí sé crua. I stán na mbrioscaí bhí Ryvita. Rinne sí cupán tae le mála tae di féin, agus d'ith dhá Ryvita leis an gcáis. Bhí Eibhlín ag clóscríobh go dúthrachtach an t-am ar fad agus níor labhair siad lena chéile.

Bhí sí díreach tosaithe ar an iógart nuair a tháinig buille ar an doras.

'Oscail é, a stór, mura miste leat,' arsa Eibhlín.

Ba é Éamonn a bhí ann.

Bhí sé gléasta ina chóta mór agus a hata fionnaidh. Bhí a aghaidh dearg ón bhfuacht.

'Tar isteach.'

Bhí boladh deas uaidh. Boladh na haimsire agus boladh seampú neamhghnách. Bhíodh cuma sciomartha glan i gcónaí air.

'Conas atá Aisling?'

Thaitin sé le hAisling i gcónaí nuair a d'úsáid daoine a hainm agus iad ag beannú di. Bhí rud éigin cairdiúil ag baint leis an modh sin cainte, agus rud éigin magúil ag an am céanna. B'annamh a dhéanadh daoine é, áfach, agus de ghnáth ba sheandaoine iad.

'Go maith. Conas atá ... tú féin?'

Bhí sí chun 'conas atá Éamonn' a rá. Ach níor fhéad sí. Bheadh sé bréagach, ag teacht óna béal, ar chúis éigin.

'Togha. 'Bhfuil Mam istigh?'

'Tá,' arsa Aisling.

'Nach trua!' a dúirt sé.

Cad é? An ndúirt sé é sin? Nó an amhlaidh nár chuala sí i gceart é?

Chuaigh sí isteach sa chistin, eisean á leanúint.

Bhí sé thar a bheith cairdiúil le hEibhlín, mar ba ghnáth. Barróg agus póg ar a dhá leiceann. Shílfeá nach bhfaca siad a chéile leis na cianta, in ionad arú inné nó mar sin.

Ach bhí siad mar sin, an bheirt acu. Tugtha do bheith drámatúil, don dul thar fóir. Ar bhealach bhí sé go deas. Ba mhaith le hAisling cuid den sprid sin a bheith inti, a bheith ábalta rud mór a dhéanamh de ghnáthrud. Bhí an saol níos suimiúla do dhaoine a chleacht na nósanna sin. Daoine a bhreathnaigh ar an domhan mar stáitse agus orthu féin mar mhóraisteoirí ag stáirrfeach thart air.

'Táim traochta!' arsa Eibhlín. 'Táim ar *Tonight with Vincent Browne* anocht. Caithfidh mé rith go dtí an gruagaire, agus thóg sé trí huaire an chloig orm an diabhal preasráiteas seo a chríochnú.'

'Eibhlín bhocht! Seo, taispeáin dom é.'

'Ar aghaidh leat!'

Shuigh sé ar an tolg agus bhreathnaigh ar ríomhaire Eibhlín. Ghlac Eibhlín an deis cupán tae a fháil di féin. D'ól sí tae luibhe, seachas gnáth-thae. Miontas i rith an lae, camán meall agus í ag dul a chodladh. Níor thaitin ceachtar acu le hAisling.

'Tuigimid go bhfuil daoine ann atá homaighnéasach.' Léigh Éamonn ón ríomhaire. 'Ní hea ... Cad faoi "Tuigimid go bhfuil daoine ann a bhfuil claonadh iontu a bheith homaighnéasach"?'

'Hm.' Bhí Eibhlín ag doirteadh uisce bheirithe ar an

miontas. Fuair Aisling an boladh láithreach. Boladh géar.

'Sílim go bhfuil sé níos fearr má deirimid "atá homaighnéasach". Is admháil é nach bhfuil leigheas acu air.'

Bhí Aisling ar tí rud éigin a rá. Ach ní dúirt sí faic.

'OK,' arsa Eibhlín. 'Sea, tá an ceart agat. Ceartaigh é.'

'Tá trua againn do daoine atá sa chás sin agus tuigimid go bhfuil dualgas orainn gach cabhair agus tacaíocht a thabhairt dóibh,' a léigh sé. 'Sea, an-mhaith. 'Ach ní thugann sin cead dúinn athrú a dhéanamh ar na rialacha a bhaineann leis an bpósadh.' Ní maith liom an focal "rialacha" ansin.'

'Dlíthe a bhaineann leis an bpósadh?'

Níor thaitin an moladh sin leis ach an oiread. Bhí grainc air.

'Ní hea. Tá dlíthe níos measa. Sacraimint is ea an pósadh.'

'Ní féidir linn focal mar sacraimint a úsáid. Caithfimid creideamh a fhágáil as an áireamh.'

'Céard faoi seo? "Maidir le pósadh, is é an bhrí atá leis an bhfocal ná ceangal idir dhá chineál éagsúla. Fear agus bean. Tagann siad le chéile chun teaghlach a bhunú. Tá an tsochaí atá againn bunaithe ar an bprionsabal sin. Tá sé de cheart ag gach leanbh athair agus máthair a bheith aige." Sea, ceart go leor.'

'Aige nó aici.'

Sin a bhí ar bun acu. An tionscnamh nua. Feachtas in aghaidh pósadh idir homaighnéasaigh. Bhí rud éigin i gcónaí ag cur isteach ar Eibhlín agus a cairde. Bhí cúis i gcónaí acu a bheith ag agóidíocht agus ag troid in aghaidh aon rud a bhí chun na seandlíthe a athrú.

Sin a thug brí do shaol Eibhlín. Agus b'in bunús a gairme proifisiúnta freisin. Toisc go dtéadh sí thar fóir bhí an-éileamh uirthi ag na meáin. Bhí sí i gcónaí conspóideach. Chuir sí isteach ar dhaoine ach de réir dealraimh thaitin sin leo. Nuair a bhí alt le hEibhlín i nuachtán tháinig ardú ar an líon cóipeanna a díoladh. Nuair a bhí sí ar chlár teilifíse, bhreathnaigh na mílte daoine uirthi.

Ní raibh a fhios aici cad a dhéanadh Éamonn, seachas mórshiúlta agus cruinnithe. Bhí an chuma air go raibh post tábhachtach de shaghas éigin aige. Mar dhlíodóir, b'fhéidir. Nó léachtóir.

B'fhéidir go bhfaigheadh sí seans a fháil amach, dá gcrochfadh sí thart. Bhí sé suimiúil a bheith ag éisteacht leo, ag cur is ag cúiteamh. Bhí obair le déanamh aici, ach bhí leisce uirthi an chistin a fhágáil fad is a bhí Éamonn ann.

Phreab a fón póca.

D'fhág sí an chistin.

Cath Chluain Tarbh

Ba é Conall a bhí ann. D'iarr sé uirthi dul go dtí na pictiúir leis, oíche Dé hAoine.

'Cén pictiúr?' arsa Aisling. Ba chuma léi. Bhí sí chun glacadh leis an gcuireadh ba chuma cén pictiúr a bhí i gceist. Dáta a bheadh ann. Ní bhfuair sí cuireadh mar seo riamh cheana ina saol, agus bhí Sara agus cuid de na cailíní eile sa rang tar éis na céadta dátaí a bheith acu. Dar leo féin, pé scéal é.

Luaigh sé scannán cuibheasach nua. *Jimmy's Hall.*

'Tá sé stairiúil,' a dúirt sé. 'Bheadh suim agatsa ann.'

Toisc gur geocach ríomhaire thú?

'Ceart go leor,' arsa Aisling.

'Cuirfidh mé na suíocháin in áirithe. Tá sé sa Lighthouse. 'Bhfuil a fhios agat cá bhfuil sé?'

Bhí a fhios aici.

***

Ar an Aoine, dúirt sí le hEibhlín go raibh sí ag dul go dtí na pictiúir le Gráinne. Bhí Sara díreach tar éis teacht abhaile ón ospidéal agus cé nár luaigh sí le hEibhlín go raibh Sara tinn bhí eagla uirthi í a úsáid mar *alibi*. Seans maith go gcloisfeadh Eibhlín faoi Sara agus an obráid amach anseo.

Bhí gach eolas de dhíth ar Eibhlín. Cén scannán a bhí i gceist? Cén phictiúrlann? Cathain a bheadh sé thart?

Níor chuala sí trácht ar an bpictiúr.

Rinne é a ghúgláil.

D'fhéach sí suas ón ríomhaire.

'Níl an scannán seo oiriúnach duit.'

Bhí a cóta dearg ar Aisling cheana féin.

'Cad é?'

'Níl sé oiriúnach. Cur glaoch ar Ghráinne agus abair léi nach bhfuil cead agat dul ann.'

'Ach, a Mham! Tá sí ar a bealach cheana féin. Agus tá na ticéid ceannaithe.'

'Is cuma.' Bhí Eibhlín ar buile. 'Scannán nach bhfuil oiriúnach do dhéagóirí is ea é.'

'Is scannán é a bhaineann le stair na tire. Tá sé ceadaithe do dhaoine os cionn 12 bhliain, a Mham.'

'Níl sé ceadaithe duitse. Ar aon nós nílim sásta go bhfuil tú ag dul go Margadh na Feirme sa dorchadas. Tá an ceantar sin dainséarach.'

Ní raibh Aisling in ann an tseanmóir a sheasamh a thuilleadh. Rith sí as an gcistin agus in airde staighre. Chuir sí doras a seomra faoi ghlas. Chaith sí í féin ar a leaba.

Bhí sí ar crith le fearg agus díomá.

Níor fhéad sí aon rud a dhéanamh go ceann deich nóiméad.

Tháinig Eibhlín ar a tóir. Chnag ar an doras. Cnag cnag cnag cnag cnag cnag cnag cnag cnag ...

'Tar amach. Míneoidh mé duit. Tá a fhios agam go bhfuil sé seo deacair ach is é do leas féin é.'

Lean sí ag caint. Blah blah blah blah blah.

Níor bhog Aisling óna leaba.

Tar éis tamaill, theip ar a fuinneamh, agus ghéill Eibhlín.

Chuala Aisling a coiscéim ar an staighre.

Bhí a fhios aici go dtiocfadh Eibhlín ar ais. Is é sin, mura mbeadh uirthi dul amach í féin.

Nár thrua go ndúirt Aisling léi go raibh sí ag dul chuig scannán. Nár thrua nach ndearna sí taighde ar an scannán. Ach de ghnáth más scannán a bhí in oiriúint do pháistí nó daoine os cionn 12 bhliain a bhí i gceist, bhíodh Eibhlín sásta scaoileadh léi. Bheadh sé chomh furasta a rá gur rud éigin eile a bhí ann. *Frozen*, an scannán le Walt Disney. *Planet of the Apes*. B'in an saghas ruda nach gceistíodh Eibhlín.

Stair na hÉireann, rud eile ar fad ab ea é sin. Fág marbh é! Ní bheadh a fhios agat cad a d'aimseofá.

***

Bhí Conall ag feitheamh uirthi ag geata na scoile an lá dár gcionn. Bhí sé ag stealladh báistí agus flichshneachta agus sheas sé chomh cóngarach don bhalla agus a d´fhéad sé chun fothain a fháil. Bhí a chuid gruaige chomh fliuch agus a bheadh dá mbeadh sé tar éis siúl amach ón gcith.

Las a aghaidh suas nuair a chonaic sé Aisling.

Bhí scáth fearthainne aici. Rud eile a bhrúigh Eibhlín uirthi. Ach bhí siad beirt fíorshásta seasamh isteach faoi tráthnóna.

Dúirt siad 'haidhe'. Bhí saghas náire ar Aisling, toisc ar tharla aréir. Ach ba mhór a háthas nach raibh fearg ar Chonall, nach raibh sé ar buile léi, ach a mhalairt ar fad.

B'iúd leo trasna an bhóthair agus shiúil siad le hais na farraige. Ba bheag duine eile a bhí ann, an tráthnóna gránna seo. Bhí an fharraige dorcha, tonnta móra ag búiríl agus ag briseadh ar an mballa. Bhí an clapsholas ann cheana féin.

'Conas a bhí an scannán?'

'Bhí sé go maith,' arsa Conall.

'Tá brón orm. Bíonn mo mháthair mar sin uaireanta. Caithfidh mé rud éigin a dhéanamh faoi.'

'Beidh ort!' arsa Conall.

'Toisc gur mise an t-aon pháiste atá aici.'

'Bíonn sé deacair an leac oighir a bhriseadh go minic,' arsa Conall. 'Cén fáth nach raibh leanbh eile acu, an gceapann tú?'

Níor smaoinigh Aisling ar an gceist seo riamh. Ghlac sí leis nár éirigh leo, ar chúis éigin a bhain le cúrsaí sláinte. Caithfidh gurbh é sin a tharla. Bhí Eibhlín chomh mór sin i bhfabhar an teaghlaigh thraidisiúnta. Teaghlach le beirt tuismitheoirí agus beirt pháistí. Nó a thuilleadh.

Seisear nó seachtar.

'Níl a fhios agam.'

'Glacaim leis go bhfuil sí in aghaidh piollaire frithghiniúnach, ag teacht leis an bPápa?'

Níor labhair Aisling riamh lena máthair faoin bpiollaire frithghiniúnach agus ní raibh fonn ar bith uirthi an comhrá sin a bheith aici.

'Tá, is dócha,' a dúirt sí. Cé nach raibh a fhios aici, i ndáiríre.

'Spéisiúil.'

An focal ar bhain daoine úsáid as nuair nach raibh siad chun a thuilleadh a rá faoin ábhar.

Pé scéal é, bhí sé deacair comhrá ceart a bheith agat san áit seo, de bharr na gaoithe agus ghlór na farraige. Agus bheadh sé deacair comhrá a bheith agat faoi shaol gnéis do thuismitheoirí in áit ar bith. Bhí a haird dírithe aici ar an scáth fearthainne a choimeád in airde. Mar sin féin mhothaigh sí cluthar agus suaimhneach, agus Conall lena hais sa spás cúng faoin scáth fearthainne.

Tháinig siad ar bhothán beag. Bhí roinnt de na botháin seo ar an bpromanáid, botháin bheaga bhána, oscailte ar thaobh amháin ar nós na mbothán ag stad bus. D'fhéadfá do scíth a ligean iontu agus radharc maith a bheith agat ar an bhfarraige.

Threoraigh Conall isteach sa bhothán í.

Shuigh siad ar an mbínse.

Bhí sé go deas briseadh a fháil ón drochaimsir tamaillín.

'Inis dom faoin scannán,' ar sise.

'Nach ndearna tú é a ghúgláil?'

Chroith sí a ceann.

D'oscail sé a fhón póca agus rinne roinnt útamála leis. Shín sé chuici é.

'Cuireann sé síos ar an gcoimhlint a d'éirigh idir James Gralton agus an Eaglais Chaitliceach agus na húdaráis in 1936,' a léigh sí. 'Thóg sé halla rince ina pharóiste i gContae Liatroma agus chuir an sagart paróiste go láidir ina choinne. Dódh an halla rince agus díbríodh Jimmy Gralton as an tír cé gurbh Éireannach é. "*The power and hypocrisy of the church is demonised in the film by aligning it to the beating by her father of a free spirited young girl who laughs at the priest in a church service while she is named and shamed for attending a dance at the Hall.*"'

Bhreathnaigh sí air.

'Sin a bhí ann?'

'Sea.'

'Ní raibh aon radharcanna gáirsiúla ann? Gnéas? Foréigean?'

'Bhí a lán foréigin ann. Bhuail athair a iníon go dona. Agus chuir siad halla rince trí thine. Dódh go talamh é.'

'Sea. Ach shíl mé gur rud éigin eile ar fad a bhí i gceist nuair nár scaoil Eibhlín amach mé.'

Níor labhair Conall. Bhog sé níos cóngaraí d'Aisling.

'Is máthair mhaith í,' a dúirt Aisling.

'Táim cinnte de,' arsa Conall.

'Ach ...'

Smaoinigh sí. Níor theastaigh ó Eibhlín go bhfaigheadh sí amach faoi eachtra sheafóideach a tharla sna 1930idí faoi halla rince agus an eaglais. Cén fáth?

'Ach cad é?'

'Tá a tuairimí féin aici faoi rudaí.'

Chuir Conall a lámh timpeall ar a gualainn.

Bhí a mhuinchille fliuch, agus mhothaigh sí an taise ag

brú isteach trína cóta féin, a bhí fliuch cheana.

Ach mhothaigh sí rud éigin eile freisin.

A chuir a croí ag damhsa.

Iarlais

Chuaigh Aisling ag siopadóireacht.

De ghnáth, théadh sí ar thóir faisin in éineacht lena máthair. Ba é an t-ionad mór siopadóireachta i nDún Droma a bhíodh mar cheann scríbe acu. Thaitin na turais seo leis an mbeirt acu. Théidís go dtí na siopaí ar fad – Zara, BT, House of Fraser, Marks & Spencer. Tar éis dóibh cúpla uair an chloig a chaitheamh ag breathnú ar éadaí, ag baint triail as seo agus siúd, ag ceannach sciorta deas nó péire nua jíons, t-léine, d'ithidís béile blasta, sa bhialann Sheapánach, nó i Roly's. An babhta deireanach a rinne siad sin, cheannaigh siad an cóta álainn a chaith Aisling i rith an gheimhridh ar fad, cóta banphrionsa, ar phraghas ríoga nár chuir isteach ná amach ar Eibhlín.

An uair seo, ba ina haonar a bhí Aisling. Agus ní go Dún Droma a bhí sí ag dul, ach ar an mbus go lár na cathrach – áit nach ndeachaigh Eibhlín riamh ach nuair a bhí sí ag glacadh páirte in agóid éigin, nó ag dul go Teach Laighean ag cur isteach ar an rialtas.

Bhí 200 euro ina póca.

Ghoid sí an t-airgead sin.

Más goid a bhí ann? Dá n-iarrfadh sí ar Eibhlín éadaí a cheannach di, bheadh a máthair lánsásta a dhá oiread sin a chaitheamh. Ach ar a coinníollacha féin. Bheadh uirthi-se a bheith sásta leis an mball éadaigh. Agus bheadh ar Aisling tráthnóna a chaitheamh in éineacht lena máthair, ag dul timpeall na siopaí, ag ól caife. Ní raibh fonn ar bith uirthi sin a dhéanamh a thuilleadh.

Mar seo a fuair sí an t-airgead. Sciob sí cárta bainc Eibhlín nuair a bhí sise gafa ag scríobh rud éigin ar a ríomhaire. Bhíodh mála Eibhlín i gcónaí ina luí ar an urlár áit éigin sa chistin. Bhí sé furasta an cárta a fháil. Ansin chuaigh sí ar a rothar suas go dtí na siopaí agus thóg an t-airgead as an meaisín bainc. Bhí códuimhir Eibhlín ar eolas aici mar ba mhinic í ag breathnú ar a máthair ag tógáil airgid as an bpoll sa bhalla.

D'fhill sí abhaile agus chuir sí an cárta ar ais sa mhála.

Chomh simplí leis sin!

Bhí a fhios aici nach dtabharfadh Eibhlín faoi deara go raibh an t-airgead imithe as an gcuntas. Bhí sí míchúramach maidir le cúrsaí bainc.

Bhí thart ar 100 euro i sparán Eibhlín agus 100 euro eile, i nótaí 10 euro agus 20 euro, i bpócaí éagsúla. Sciob Aisling 100 euro, i nótaí agus boinn as na pócaí – arís bhí a fhios aici nach dtabharfadh Eibhlín faoi deara go raibh an t-airgead sin in easnamh, bhí sí chomh míshlachtmhar sin le cúrsaí airgid.

Cé go raibh Aisling cinnte nach raibh baol ar bith ag baint leis an ngadaíocht, bhí eagla uirthi agus í ag beartú na gcéimeanna eile ar fad. Ag tógáil an chárta. Ag baint an airgid as an meaisín. Ag cur an chárta ar ais. A croí ina béal i rith an ama. Agus ansin nuair a d'éirigh léi, nuair a tháinig sí saor as an eachtra, bhí áthas an domhain uirthi. Léim a croí le neart áthais. Bhí gliondar uirthi. An oiread sin gliondair go ndearna sí gáire os ard ar feadh tamaillín agus í ar a bealach isteach sa chathair, 220 euro ina mála beag droma.

Cá raibh a triall?

Barra an Teampaill.

Sráid Anraí.

Na sráideanna beaga cois Life idir Barra an Teampaill agus Sráid Anraí.

An chuid den chathair nár leag Eibhlín cos ann riamh.

***

Bhí an ghrian ag taitneamh agus Sráid Anraí plódaithe. Cuma mheidhreach ar na daoine go léir, shíl Aisling.

Sladmhargaí fós ar siúl sna siopaí móra. Ach is ar na siopaí beaga a bhí a triall. Iad sin a dhíol earraí saora, earraí nach gceannófá tí Arnott ná Debenham.

Chuaigh sí isteach in áit ar ar tugadh Dark Ltd.

Dubh. Dubh.

Gach rud dubh.

B'in an íomhá a bhí uaithi. Inniu.

Bhí na rudaí ní ba chostasaí ná mar a shílfeá. Ní ba chostasaí ná mar a bhreathnaigh siad. Fuair sí saghas gúna gairid, dubh agus tairní móra airgid greamaithe de anseo is ansiúd. Maisiúcháin bhagracha. Bhí stocaí dubha aici cheana féin, ar ndóigh. Cad a rachadh leis an ngúna sin? Seaicéad leathair, an smaoineamh a bhí ag an bhfreastalaí. Ach bhí 200 euro ar an seaicéad.

'Faigh ceann dara láimhe,' a dúirt sí, go cairdiúil.

'Cá háit?'

'Tá siopa maith ar Shráid Pharnell. Nó bain triail as aon cheann de na siopaí carthanachta.'

Cheannaigh Aisling fáinní cluaise i bhfoirm claímh, a bhí chomh fada sin gur shroich siad a guaillí.

Bhreathnaigh sí ar na pictiúir a bhí sa siopa. Cailíní áille déanta suas ar nós cailleacha, nó vaimpírí.

'Ba mhaith liom stoda a fháil,' a dúirt sí.

Dúirt an cailín nach ndearna siad a leithéid san áit sin ach mhol sí áit ar Shráid an Mhúraigh, timpeall an chúinne.

Ar aghaidh le hAisling.

Sráid an Mhúraigh. Bhí sí ann cheana ar ndóigh ach bhí dearmad déanta aici faoi chomh suimiúil agus a bhí sé mar shráid. Thaitin sé go mór léi. Ní raibh sé cosúil le haon tsráid eile sa chathair. Na seastáin lán le glasraí agus torthaí. Bláthanna, fiú anois i lár an gheimhridh. Seacláidí agus milseáin ar sladmhargadh. Daoine gorma, daoine ón Rúis agus ón bPolainn. Chonaic sí ógfhear ag tabhairt bosca mór toitíní d'fhear eile, ag tógáil nóta uaidh agus ag breathnú thar a ghualainn. Chonaic sé Aisling ag faire air.

An ghrainc a rinne sé!

An chéad rud eile, tharraing sé scian as an bpóca inar chuir sé an t-airgead agus thaispeáin di é. Soicind amháin eile agus bhí an scian ar ais ina phóca.

Ní dhearna sí ach gáire a dhéanamh leis, agus na guaillí a shearradh.

Tharraing sé bosca eile toitíní as mála agus thug do bhean é.

Ar aghaidh le hAisling. Cheannaigh sí seaicéad dubh leathair ar 40 euro i siopa ar Shráid Pharnell. Bhí an líneáil stróicthe agus an leathar seanchaite ar na muinchillí. Ach bhí sé lán de stodaí airgid agus spící beaga géara.

'Oireann sé duit,' a dúirt an bhean a bhí i bhfeighil an tsiopa. Bean a bhí níos sine ná Eibhlín féin. Bhí sí ag leathgháire. 'Ní fheadar an mbeidh do mháthair róshásta leis!'

Cheannaigh Aisling é ar an bpointe.

D'aimsigh sí an siopa ar Sráid an Mhúraigh ansin.

Cosúil le gruagaire.

Agus ba shiopa gruagaire é freisin.

Bhí amhras ar an bhfear a d'fheistigh na stodaí.

Fear ón Afraic a bhí ann. É an-ard dathúil. Léine chorcra air.

'Cén aois thú, a chroí?'

D'inis sí a haois.

Chroith sé a cheann.

'Brón orm. Nílim sásta é a dhéanamh mura mbíonn do thuismitheoir leat.'

Chuir sin iontas an domhain ar Aisling.

'An bhfuil dlí ann?'

'Sin an dlí sa siopa seo.'

Bhí díomá an domhain uirthi freisin.

Go tobann, ní raibh aon ní uaithi ach an stoda sin. Ina srón. Ina teanga. Ina cluas. Ina bolg. Aon áit.

'Tar ar ais nuair a bheidh tú sé déag.'

Cán fáth nár inis sí bréag? An mbeadh ID uaidh?

Bhí gruagaire taobh leis.

Mháirseáil sí isteach.

Níor cheistigh aon duine í faoina haois.

***

'In ainm Dé agus Mhuire agus na naomh ar fad!'

Bhí ar Eibhlín suí síos.

Bhí cuma an bháis uirthi.

Mar a bhí ar aghaidh Aisling féin. Ach bhí sise bán san aghaidh toisc go raibh smideadh bán ar a haghaidh mar a bheadh plástar ar bhalla.

Aghaidh chomh bán le cailc. Súile timpeallaithe le

mascára dubh. Tiubh agus dubh. An gúna dubh, an seaicéad leathair. Buataisí dubha.

Bhí a cuid gruaige gearrtha go hiomlán, agus í ina seasamh i spící ar a ceann.

Bhí an-chuid spící uirthi, i ngach áit, chun an fhírinne a rá. Ina cluasa, ar a seaicéad, ar a cloigeann.

''Bhfuil tú as do mheabhair?' arsa Eibhlín, os íseal. Is ar éigean a bhí sí ábalta na focail a bhrú amach as a béal. Cá raibh an banphrionsa? Cailleach a bhí anseo ina hionad.

'Iarlais!' Shleamhnaigh an focal as Eibhlín.

Níor bhac an iarlais freagra a thabhairt ar an gceist. Sin an rud deas faoi bheith i d'iarlais. Ní gá duit freagraí a thabhairt ar cheisteanna áiféiseacha. Is cuma sa sioc le hiarlaisí faoi dhaoine áiféiseacha, ar nós máithreacha.

Chuaigh Aisling go dtí an cuisneoir agus rinne a raibh ann a iniúchadh go géar. Cáis, *pâté*, liamhás. Bradán deataithe. Uibheacha. Im. Iógart. Bainne.

Roghnaigh sí cáis Camembert agus arán bán. Bainne. Shuigh sí ag an mbord, ag ithe agus ag ól.

Bhí codarsnacht dheas idir na sólaistí bána agus a feisteas dubh, cheap sí. Bheadh uirthi bainne a ól i gcónaí as seo amach.

Beaumont?

'Sílim go bhfuil sé *cúláilte*!'

B'in Sara.

Bhí Aisling agus Conall ar cuairt chuici, sa bhaile ina teach féin. Bhí cónaí uirthi i nDroim Conrach i seanteach beag. Bhí siad sa seomra suí, seomra beag deas le seilfeanna lán de leabhair ar na ballaí ar fad. Tolg beag oráiste agus dhá chathaoir uilinn os comhair an tsoirn amach. Ní raibh teilifís sa seomra.

'Cathain a rinne tú é?'

'Arú inné.'

'Féachann sí go hiontach, nach bhféachann?'

'Ó, féachann, muis',' arsa Conall. Shíl sé gur fhéach sí aisteach. Go háirithe an ghruaig. Níor thaitin an íomhá nua leis ar chor ar bith. Bhí sé ar aon tuairim le hEibhlín faoi. B'fhearr leis i bhfad banphrionsa na gruaige órga.

'Conas atá tusa?' arsa Conall ansin. Go dtí seo bhí an aird ar fad dírithe ar Aisling, ní ar an othar. Ach bhí cuma na sláinte ar Sara. Í gléasta go simplí i jíons agus geansaí bán

– an saghas feistis a bhíodh ar Aisling go dtí le déanaí. A gruaig fhionn ceangailte siar i bpónaí. Go deas néata.

Mhínigh Sara go raibh biseach ag teacht uirthi, agus go mbeadh sí ar ais ar scoil faoi cheann seachtaine.

'Cad a tharla? An raibh sé uafásach pianmhar?' arsa Aisling.

Bhí ar Sara smaoineamh nóiméad.

'Fuair mé pian uafásach i mo bholg. Agus ansin thosaigh mé ag cur amach. Thug Mam go dtí an t-ospidéal mé.'

'An Mater?'

Bhuail smaoineamh Aisling ... cuimhne a bhí mar bhrionglóid ag sleamhnú as a haithne agus í ag dúiseacht.

'Um. Sea. An Mater.'

'An raibh scuainí móra ann?' a d'fhiafraigh Conall.

'Scuainí?'

'San ionad timpistí agus éigeandála. Bíonn sé plódaithe i gcónaí. Deirtear go mbíonn.'

'Ó, sea. Sea, bhí. Bhí orainn feitheamh ar feadh i bhfad.'

'Caithfidh go raibh sé sin uafásach. Leis an bpian.'

'Ní cuimhin liom mórán faoi anois.'

Leag sí lámh ar ghruaig Aisling, á mothú.

'Mm,' a dúirt sí. 'Cosúil le coincréid! Cad a chuireann tú air chun é a dhéanamh mar sin?'

D'ainmnigh Aisling an saghas múis a d'úsáid sí chun na spící a chur ina cuid gruaige.

''Bhfuil tú ag smaoineamh ar é a fháil tú féin?'

Ní dhearna Sara ach gáire.

***

Ag a seacht a chlog bhí siad amuigh ar an tsráid. Bhí an oíche tirim fuar. Soilse sna siopaí agus sna tithe tábhairne. Bhí sé in am dul abhaile agus luí isteach ar an obair bhaile.

'Ba mhaith liom an scannán sin a fheiceáil anocht,' arsa Aisling.

'Cad é?'

'Níl sé ach a seacht a chlog. D'fhéadfaimis dul go dtí an phictiúrlann anois. Ní thosaíonn sé go dtí a hocht.'

'Cad faoin obair bhaile?'

'Cad faoi?'

'Bhuel ... caithfear é a dhéanamh.'

'Cén fáth?'

Bhí siad ag siúl i dtreo na cathrach. An trácht trom go leor. Soilse sna tithe tábhairne, agus i mbialanna. Ag fáiltiú romhat isteach, do scíth a ligean, sos a thógáil.

Stop Conall.

'Tá a fhios agat cén fáth. Beidh na bréagscrúduithe ar siúl i gceann coicíse.'

'Is cuma liom sa diabhal.'

''Aisling! Cad atá ort?'

Chuimhnigh Aisling gur iarlais a bhí inti anois. Ba chuma léi faoi na rudaí a rinne gnáthdhaoine. Ach ba ghnáthdhuine é Conall.

'Tá an ceart agat. Ach díreach an oíche seo amháin. Tá sé déanach cheana féin. Ní bheidh fonn orainn aon rud a dhéanamh anocht.'

Bhí leithscéal eile ag Conall. Ní raibh airgead aige.

'Tá agamsa,' arsa Aisling.

Bhí a lán airgid aici i gcónaí, bhí sin tugtha faoi deara aige roimhe seo.

'Bhuel ...'

Ní raibh fonn air. Ach ghéill sé di. Chuir sé téacs chuig a thuismitheoirí ag rá go mbeadh sé déanach ag teacht abhaile agus chuir sé iachall uirthi féin an rud céanna a dhéanamh. Chuir Aisling téacs chuig Sara ag rá GRMA agus lig uirthi go raibh SMS seolta chuig a máthair.

***

Shíl sí go raibh an scannán suimiúil. Thuig sí an ceangal a bhí idir na hidéil a bhí ag Eibhlín agus a cairde agus an meon a bhí ag na húdaráis sa scannán: Éire a choimeád Caitliceach, naofa, sábháilte. Tír ina mbeadh a áit ag gach duine agus gach duine ina áit agus nach mbeadh aon duine ag iarraidh an *status quo* a cheistiú ná a athrú.

Nuair a thug athair greasáil dá iníon, toisc go raibh sí ag rince, mhothaigh sí comhbhá leis an gcailín. Bhí cosúlacht idir a cás féin agus cás an chailín bhoicht sin, a raibh léasacha ar a droim toisc go raibh sí ag rince gan cead óna tuismitheoirí.

Níor bhuail a hathair í an oíche sin. Ní raibh sé ann chun aon duine a phógadh ná a bhualadh.

Níor bhuail sé riamh ina saol í.

Ach bhí Eibhlín ina suí agus í ar deargbhuile.

Cá raibh sí?

Jimmy's Hall.

'Tar éis dom a rá nach raibh cead agat dul ann.'

'Tá cead ag aon duine os cionn 12 bhliain d'aois dul ann de réir an dlí.'

'Mise an dlí sa teach seo.'

'An mar sin é?'

Thosaigh Eibhlín ag gol ansin.

'Bhí faitíos an domhain orm.'

'Níl sé ach a haon déag a chlog.'

'Ní raibh a fhios agam cá raibh tú. Agus sna héadaí seafóideacha sin. Níl tú ag dul amach mar sin go deo arís.'

Chuaigh Aisling go dtí an cuisneoir agus fuair bainne di féin. Líon sí gloine. D'fhág an bainne ar ais sa chuisneoir.

'Oíche mhaith, a Mham,' a dúirt sí. 'Tóg go bog é.'

Stad sí ag an doras.

'Tá *Jimmy's Hall* go maith mar scannán. Ba cheart duit é a fheiceáil. Beidh sé sa Lighthouse go dtí deireadh na seachtaine.'

Laincisí

Nuair a dhún sí doras a seomra féin, d'aistrigh an iarlais ar ais ina banphrionsa. Nó ar a laghad ina gnáthdhuine. Bhain Aisling na héadaí dubha di féin, ghlan sí an smideadh bán agus dubh dá haghaidh. Thóg sí cith ionas nach raibh ar a ceann ach gnáthghruaig fhliuch, gan spící ar bith ann. Ansin isteach léi sa leaba, úrscéal á léamh aici.

Nuair a chuala sí coiscéim a máthar ar an staighre mhúch sí an solas agus lig uirthi go raibh sí ina sámhchodladh.

D'oscail Eibhlín an doras agus d'fhan tamaillín ag breathnú ar a hiníon.

Lig sí osna mhór ansin, osna a chloisfeá leathmhíle ó bhaile, agus d'imigh léi.

Níorbh iarlais ach gnáthchailín a d'fhág an teach chun freastal ar an scoil an lá dár gcionn.

Bhí uirthi éide scoile a chaitheamh, agus ba mhaith a thuig sí nár mhór an fháilte a chuirfí roimh smideadh de shaghas ar bith ná roimh stíleanna aisteacha gruaige ar scoil. Smaoinigh sí ar a cuid gruaige a shocrú sa stíl nua, ach i ndáiríre ní raibh go leor ama aici ar maidin chun é a dhéanamh agus níor bhac sí leis. Bhreathnaigh sí go huafásach, shíl sí, gan aici ach cúpla orlach gruaige, agus gan cuma ná caoi air.

'Tá sé saghas *gamine*,' arsa Sara. Bhí sí ar ais cheana féin, a cuid gruaige féin fada, lonrach, ar nós folt Niamh Chinn Óir. 'Tá cuma an-*chic* ort. Shílfeadh aon duine gur as an séú *Arrondissement* duit, seachas Cluain Tarbh.'

'An ndeir tú liom é?' Mhothaigh Aisling beagáinín níos fearr tar éis an méid sin a chloisteáil. B'fhéidir go mbeadh sé ceart go leor a bheith ina *Parisienne* i rith an lae scoile agus ina hiarlais istoíche?

'Conas atá tú féin?'

'Cad é?'

Bhí an chuma ar Sara nár thuig sí an cheist.

'Conas mar a airíonn tú? Tar éis na hobráide agus gach rud.'

'Ó, sea. Ó, go maith. Táim go hiomlán ar fónamh anois.'

'Níor thóg sé i bhfad, i ndáiríre.'

'Bhuel,' arsa Sara. 'Ní haon ní é na laethanta seo.'

Shíl Aisling nach raibh fonn ar a cara a bheith ag caint

faoina tinneas agus d'fhág an t-ábhar ar leataobh.

Bhí an rang ar fad ag obair go dian an tseachtain seo. Bheadh na bréagscrúduithe ag tosú sula i bhfad, agus go tobann bhí fuadar faoi gach uile dhuine, fúthu siúd, fiú amháin, nár bhac le hobair scoile in aon chor de ghnáth, toisc iad a bheith gafa le gnóthaí a bhí, dar leo, níos spéisiúla – ceol den chuid is mó, spórt i gcásanna eile, nó rudaí a bhain le bheith ar an ríomhaire agus an Idirlíon. Ach anois theastaigh uathu go léir torthaí maithe, nó maith go leor, a fháil. Bhí comórtas idir beirt nó triúr – Aisling, Muireann Ní Choitir agus Rónán – don chéad áit sa rang. Bhí comórtas idir triúr nó ceathrar eile féachaint cé a bheadh san áit deiridh agus ag iarraidh é a sheachaint. Agus bhí na daoine sa lár ag sracadh leo, ag iarraidh a n-áiteanna féin ar an dréimire a choimeád. Bhí roinnt mhaith daoine ag súil le míorúilt, agus bhí draíocht de shaghsanna éagsúla á cleachtadh acu. Gan faic ach iasc a ithe ag buachaill amháin, Marcas Mac Pháidín. Bhí triúr cailíní a chreid go gcabhródh rís fhiáin agus sú meacan dearg leo 'A' a fháil i ngach ábhar. Roinnt mhaith de na seifteanna, bhain siad le bia. Ach bhí daoine ann freisin a bhain úsáid as modhanna eile. Chreid Deirdre Ní Fhloinn agus Brittany Ní Riain i gcros a fhágáil i leabhar i rith an hoíche. An chéad leathanach a d'osclóidís sa leabhar sin ar maidin, chreid siad gurbh é an t-ábhar a bhí ar an leathanach sin a thiocfadh aníos ar an bpáipéar scrúdaithe. Bhí cruthú ag

Deirdre go raibh an modh tairngreachta seo éifeachtach. Bhain sí úsáid as sa Stair i scrúdú an tsamhraidh. D'oscail an téacsleabhar ar leathanach ar a raibh cur síos ar na cúiseanna a bhí leis an gcéad chogadh domhanda, agus bhí ceist fúthu sin ar an bpáipéar.

Bhí daoine ann ar ndóigh a chreid sna paidreacha, dul ar Aifreann, dul chuig comaoineach, agus mar sin de.

Ach a bhformhór, bhí siad sásta roinnt oibre a dhéanamh chomh maith le húsáid a bhaint as seifteanna den saghas seo. Bhreathnaigh siad ar an draíocht mar thacaíocht seachas mar leigheas iomlán.

***

Baineadh geit as Aisling nuair a shroich sí geata na scoile an tráthnóna sin.

Ní raibh Conall ann roimpi.

Ach bhí Eibhlín ann.

'Tabharfaidh mé síob abhaile duit,' arsa sise. Bhí sí gealgháireach arís, agus spleodar fúithi.

Bhreathnaigh Aisling timpeall. Bhí a lán daoine ag siúl agus ag rothaíocht amach tríd na geataí. Ní raibh Conall le feiceáil. B'fhéidir go raibh sé mall inniu ar chúis éigin.

Ba í seo an chéad tráthnóna le coicís nach raibh sé ag an ngeata roimpi.

''Bhfuil duine éigin á lorg agat?' a d'fhiafraigh Eibhlín, ag oscailt an chairr.

'Níl,' arsa Aisling, go borb.

'Go maith!' arsa Eibhlín.

Thiomáin siad abhaile gan focal eile a rá lena chéile.

Nuair a bhain siad an teach amach d'iarr Eibhlín ar Aisling suí síos ag bord na cistine. Shuigh sí féin ar an taobh eile den bhord. Mar a dhéanadh na póilíní ar an teilifís agus iad ag ceistiú coirpigh.

'Nílim sásta in aon chor leis an tslí ina bhfuil tú do d'iompar féin,' arsa Eibhlín.

Rinne Aisling méanfach.

'Ní gá dom a rá nach bhfuilim ceanúil ar an stíl ghruaige nua sin atá agat, ná ar an íomhá ghránna Ghotach seo a chothaíonn tú.'

Thóg Aisling úll as babhla torthaí ar an mbord agus bhain plaic as.

'Ach sin é do ghnó féin. Bíonn claonadh aisteach ag daoine i d'aoisghrúpa nuair is cúrsaí feistis nó ceoil a bhíonn i gceist. Glacaim leis sin.'

Níor thaitin an téarma 'aoisghrúpa' le hAisling. Shílfeá nach raibh inti ach staitistic, nó ainmhí a bhí faoi thriail i saotharlann éigin, ag déanamh rudaí díreach glan mar a bhí súil ag an eolaí.

'Cad faoi dhaoine i d'aoisghrúpa-sa?' ar sí. ''Bhfuil dúil acu sna rudaí céanna a bhfuil dúil agatsa iontu?'

Blúsanna síoda. Seaicéid as Brown Thomas a chosnaíonn leathmhíle euro.

'Táimid ag caint fútsa,' arsa Eibhlín.

'Muid? Nílimse ag caint. Tusa atá ag rá gach rud.'

Stán Eibhlín go géar uirthi.

'Éist do bhéal.'

Tharraing sí anáil. Agus anáil eile. Go maith! Bhí sí corraithe. Bhí sé fíordheacair fearg a chur ar Eibhlín ach bhí ag éirí le hAisling é a dhéanamh.

'Tá an ceart agat. Mise atá ag caint. Mar sin tiocfaidh mé go dtí croí an scéil.' Stad sí arís. Thóg Aisling alp eile as an úll. 'Tá a fhios agam gur ghoid tú airgead uaim.'

Anois ba í Aisling a bhí corraithe.

Baineadh geit uafásach aisti. Mhothaigh sí go raibh a bolg ar crith, agus go raibh sí ar tí titim i laige.

***

D'fhan Eibhlín ina tost ar feadh noiméid.

'Gadaí is ea thú, a Aisling. Ghoid tú airgead as mo sparán agus as mo phócaí.'

Ní raibh Aisling ag súil leis seo. Ní raibh focal le rá aici.

'Admhaigh é. Is cuma an admhaíonn tú é nó mura n-admhaíonn. Tá a fhios agam cá bhfuair tú an t-airgead a chaith tú ar an truflais sin ar fad.'

D'fhan Aisling ina tost.

'Ghoid tú as mo mhála é.'

Málaí.

'An ceann atá i mo vardrús thuas staighre. Cé eile a thiocfadh air?'

De réir dealraimh bhí a fhios ag Eibhlín go raibh airgead aici sa mhála sin, nár úsáid sí mórán. Chuaigh sí á lorg aréir nuair a tháinig fear an bhainne timpeall. Nuair nach raibh sé ann chuir sí a dó agus a dó le chéile.

'Tá a fhios agam gur tusa a thóg é. Conas a cheannófá na héadaí gránna sin gan airgead?'

Ag an bpointe sin d'admhaigh Aisling gur thóg sí an t-airgead as mála Eibhlín. De réir dealraimh, ní raibh sé tugtha faoi deara ag a máthair go raibh airgead in easnamh freisin óna cuntas bainc. Ar aon nós níor luaigh sí aon rud faoi.

Lean an comhrá uafásach ar aghaidh ar feadh leathuair an chloig.

Shíl mé gur duine ionraic macánta a bhí ionat. Bhí muinín agam asat. Chreid mé gur duine ciallmhar thú. Go raibh grá agat domsa agus do d'athair. Go rabhamar ag feidhmiú mar fhoireann, ag tacú lena chéile.

Bladar, bladar, bladar.

Gearán, gearán, gearán.

Liosta fada. D'éirigh sé leadránach tar éis deich nóiméad, agus faoin am a raibh deireadh déanta ag Eibhlín bhí Aisling beagnach tite ina codladh. Ach mhúscail sí de gheit nuair a tháinig Eibhlín ar deireadh thiar thall go croí na ceiste.

Mar a bhí: go raibh Aisling chun dul ar scoil chónaithe i ndiaidh laethanta saoire na Cásca. (Níor ainmnigh Eibhlín an scoil.) Idir an dá linn – bhí breis agus dhá mhí i gceist – ní bheadh cead aici bogadh as an teach seo gan cead óna tuismitheoirí, agus gan iad a bheith in éineacht léi. (Níor luaigh sí nach raibh ach tuismitheoir amháin thart.) Ní bheadh fón póca aici, ná cead úsáid a bhaint as an Idirlíon.

Bheadh Aisling ina príosúnach ina teach féin, agus ansin bheadh sí ina príosúnach i scoil éigin áit éigin faoin tuath.

Cúlú

Mar a tharlaíonn lena lán pleananna, d'éirigh go maith le plean Eibhlín ar feadh seachtaine nó beagáinín níos faide ná sin. Ansin thosaigh rudaí ag sleamhnú.

Ar feadh seachtaine, d'éirigh le hEibhlín an rud a bhí uaithi a chur i gcrích. Is é sin, d'éirigh léi cur isteach go huile agus go hiomlán ar shaol Aisling. D'éirigh léi smacht iomlán a bheith aici ar a hiníon, agus príosúnach a dhéanamh di.

Gach maidin, thug sí síob go dtí geata na scoile di. Gach tráthnóna, bhí a *Yaris* beag gorm lasmuigh den gheata, agus Eibhlín ann (ar an iPhone minic go leor, i mbun a gnó, ag iarraidh tír na hÉireann a choimeád coimeádach). Thiomáineadh sí Aisling abhaile, agus d'fhanadh sí sa bhaile ag faire ar an bpríosúnach an chuid eile den lá.

Bhí Aisling fíorghnóthach, ag ullmhú do na scrúduithe.

Bhí sé chomh maith aici ardtoradh a bhaint amach, a shíl sí, ós rud é nach raibh aon rud eile le déanamh aici.

Ar an lámh eile, bhainfeadh Eibhlín sásamh as torthaí maithe. Bheadh sásamh le baint as bob a bhualadh uirthi, teip a fháil i ngach aon rud. Bheadh sé go hiontach a héadan a fheiceáil nuair a léifeadh sí an tuairisc sin.

Teip

Teip

Teip

Teip.

Ba bhreá léi dreach a máthar a fheiceáil agus tuairisc mar sin á léamh aici!

Ach briseann an dúchas trí shúile an chait.

Ní raibh Aisling sásta an mhóríobairt sin a dhéanamh, ar mhaithe le cur isteach ar Eibhlín. Ar ndóigh bhain sí féin sásamh as torthaí maithe a fháil. Thaitin sé léi a bheith ag foghlaim, agus thaitin sé léi a chloisteáil gurbh ise a fuair an chéad áit sa rang sa Bhéarla, sa Fhraincis, sa Ghearmáinis, agus an dara nó an tríú háit ina lán de na hábhair eile. Ní raibh sí sásta an sásamh sin a thabhairt uaithi. Nó ní go fóillín, pé scéal é.

Cé nárbh fhiú é, ar bhealach, toisc nach raibh sí ag dul in áit ar bith, chleacht sí an nós a cuid éadaí scoile a athrú agus a cuid éadaí iarlaise a chur uirthi gach lá nuair a thagadh sí abhaile. Rinne sí a cuid gruaige a chóiriú, sna spící; chuir sí an púdar bán ar a haghaidh agus an mascára dubh ar a súile, agus ghléas sí sna héadaí dubha.

Ansin shuigh sí ag a deasc bheag bhándearg, agus d'fhoghlaim rialacha a bhain leis an tuiseal ginideach sa Ghaeilge agus na briathra neamhrialta sa Fhraincis.

Agus an dinnéar á ithe aici, le hEibhlín, is san fheisteas seo a bhíodh sí gléasta.

Má chuir sin isteach ar Eibhlín níor lig sí uirthi gur chuir.

Lean sí léi, ag caint faoi seo agus siúd, sa stíl shoilbhir shuairc a chleacht sí riamh.

De réir dealraimh, níor ghoill sé uirthi nach raibh oiread is focal amháin le rá ag Aisling léi.

Ach níor dhuine í Eibhlín a d'éisteadh le daoine eile de ghnáth. Bhí sí i bhfad róthógtha leis an méid a bhí le haithris aici féin.

***

Cuireadh tús leis na scrúduithe ar an Luan, tar éis an gheáitsíocht seo a bheith ar siúl le seachtain.

Ní raibh Aisling tar éis rud ar bith a insint do Sara faoi na geáitsí sa bhaile. Lig sí uirthi go raibh cúrsaí mar ba ghnách leo a bheith. Bhí Sara chomh gafa sin leis na scrúduithe nár thug sí aon rud faoi deara.

Cás eile ar fad ab ea Conall.

D'fhreastail sé ar an scoil idir-shainchreidmheach a bhí níos cóngaraí don chathair. Ní raibh fáil air i rith an lae scoile. Agus anois ní raibh seans aici bualadh leis lasmuigh den scoil toisc Eibhlín a bheith fós á tionlacan sall is anall.

Chonaic sí lá amháin é, ag siúl ina aonar ar thaobh an bhóthair. Ag dul abhaile, mar ba nós leis. Cé go raibh sí sa charr le hEibhlín sméid sí air agus rinne seisean amhlaidh léi-se. Ach níor shíl sí gur le mórthoil a rinne sé é. Bhí rud éigin leamh ag baint leis an gcomhartha. Baineadh geit as, bhí sin soiléir. Ach níor sheas sé ag féachaint uirthi. A mhalairt ar fad: d'iompaigh sé a aghaidh uaithi, agus lean leis ag siúl. Go mall, faoi mar a bheadh ualach trom á iompar aige.

Bheartaigh sí tréaniarracht a dhéanamh teagmháil leis.

Ba é an fhadhb ná nach raibh fáil aici ar a fón póca féin. D'fhéadfadh sí iasacht d'fhón Sara a fháil. Ach bhí uimhir Chonaill ina fón féin agus ní raibh sé de ghlanmheabhair aici. Níor theastaigh uaithi an scéal truamhéalach ar fad a insint do Sara, ná d'aon duine eile.

Lig sí uirthi go raibh a fón caillte aici.

'Caithfidh mé téacs a chur chuig Conall,' a dúirt sí le Sara. 'Ach níl a uimhir agam. An mbeadh sé ag aon duine sa rang, nó sa scoil fiú?'

Bhí siad ag ithe briosca ag an mbriseadh beag. Bhí an lá go hainnis agus d'fhan siad sa seomra ranga don bhriseadh an lá áirithe seo. An seomra lán de ghlórtha agus de ghleo. Boladh éadaí taise, cailc, ceapairí, sceallóga, ar an aer.

Sara ag alpadh briosca. Bhí biseach iomlán uirthi, agus togha na sláinte aici arís, de réir dealraimh.

Ach chuir ceist Aisling isteach uirthi ar chúis éigin. Bhraith Aisling go raibh a cara beagáinín trína chéile.

'Hm,' arsa Sara. 'B'fhéidir go mbeadh a uimhir ag Irene?'

'Ar ndóigh!' arsa Aisling. B'ait léi nach mbeadh sé ag Sara féin. 'Déanfaidh mé iarracht teacht uirthi am lóin.'

'Déan sin,' arsa Sara.

Chuir sí briosca amháin a bhí fágtha ar ais go cúramach ina bosca lóin agus sháigh an bosca isteach ina mála scoile. Tharraing sí leabhar bitheolaíochta amach agus thosaigh á léamh.

***

D'éirigh le hAisling teacht ar Irene am lóin, agus fuair an uimhir uaithi.

Thug Sara a fón di, agus scríobh sí téacs chuige.

> Nl cd agm dul amach gan mo mham. Nl fón póca agam. Cr téacs chgm ar fhón Sara ldt.

Scríobh sí uimhir Chonaill, a bhí anois breactha síos aici ina leabhar nótaí obair bhaile, isteach sa bhosca.

Agus tháinig a ainm aníos ar an scáileán.

Is amhlaidh a bhí a uimhir ag Sara an t-am ar fad.

Bhrúigh sí 'Send' agus d'imigh an teachtaireacht chuige.

Aisteach. Níor ghá di dul ar lorg uimhir Chonaill ó Irene in aon chor. Ní foláir nó bhí dearmad déanta ag Sara go raibh an uimhir aici.

***

Bhí an scrúdú ag tosú cúpla soicind tar éis di an téacs a sheoladh agus ní bhfuair sí deis an scéal a fhiosrú go ceann dhá uair an chloig.

Bhí deifir abhaile ar Sara ag an bpointe sin.

'Aon teachtaireacht domsa ar an bhfón agatsa?' a d'fhiafraigh Aisling di, agus í ag rith amach an doras.

Thug Sara sracfhéachaint ar an bhfón, agus chroith a ceann. As go brách léi ansin.

Earrach

Bhí Aisling in óstán mór, sa seomra bia. Seomra geal, éadaí bána ar na boird, coinnle ar lasadh. Freastalaithe gléasta i léinte bána agus brístí dubha. A máthair ina suí ag bord a bhí leagtha do thriúr, ach í ina haonar. Gealgháireach mar ba ghnáth. D'fhág Aisling an seomra agus thosaigh ag siúl tríd an óstán. Chuaigh sí isteach sna seomraí poiblí ar fad, ceann ar cheann. An halla, an beár, an caifé, seomraí comhdhála. Bhí sí ar thóir duine éigin. Faoi dheireadh chonaic sí é i seomra comhdhála, ina shuí ag ceann an bhoird: a hathair. Bhí sé ag caint le fear nár aithin sí. D'oscail sí an doras agus chuaigh isteach.

Dhúisigh sí sula bhfuair sí deis labhairt leis.

'Cá bhfuil Daid?' a d'fhiafraigh sí d'Eibhlín ag an mbricfeasta.

'Sa chiorcal Artach áit éigin,' arsa Eibhlín. Bhreathnaigh sí ar a hiníon agus ceist ina súile. 'Mar is eol duit.'

'Cathain a thiocfaidh sé abhaile?'

'I gceann dhá mhí. Um Cháisc.'

Mura dtarlaíonn rud éigin. Mura mbíonn cruachás ar

bord loinge. Bhí go minic. Ansin ní bheadh sé ar ais go ceann leathbhliana.

***

'An bhfuil téacs ar d'fhón dom?' an chéad cheist aici ar Sara.

'Níl,' arsa Sara, tobann go leor. Bhí sí sáite i leabhar Gearmáinise, ag breathnú ar *der die das*, cé go raibh siad ar eolas aici le fada an lá.

Baineadh geit as Aisling. Thit a croí.

Conas nár bhac sé le freagra a sheoladh chuici?

Bhreathnaigh Sara suas ón leabhar.

'Tá seisean i mbun scrúduithe freisin. Cuirfidh sé freagra chugat sula i bhfad.'

Ach cé chomh fada a thógann sé téacs a scríobh?

'B'fhéidir nach bfuil aon chreidmheas aige ar an bhfón,' a dúirt Sara. 'Ní bhíonn, minic go leor, ag na buachaillí.'

Ba shólás éigin é sin. B'fhíor do Sara. Caithfidh gurbh é sin a tharla. Ní raibh go leor creidmheasa aige chun téacs a sheoladh.

Bhí a fhios aici gurbh é sin an míniú ba chiallmhaire ar an scéal.

Ach mar sin féin níor ardaigh a croí.

Ní raibh neart ar bith inti agus an scrúdú Gearmáinise á dhéanamh aici. Scríobh sí na freagraí ar bhealach meicniúil, amhail is gur inneall a bhí inti, seachas duine. Ní raibh a croí san obair, an mhaidin seo.

Agus níor chuir sé iontas uirthi an tráthnóna sin nuair a chonaic sí Conall ag siúl abhaile ón scoil ar an gcosán cois farraige. Cailín fionn in éineacht leis, éide scoile uirthi. Ní fhaca Aisling a haghaidh. Ach bhí a fhios aici cérbh í.

***

Roghnaigh Eibhlín an oíche áirithe seo, an oíche ba mheasa i saol Aisling, chun dul amach chuig ollchruinniú de na cumainn ar fad a bhí ag troid in aghaidh aon athruithe ar na dlíthe maidir le ginmhilleadh. Bhí cás conspóideach eile tarlaithe: bean óg as an Afraic, inimirceach neamhdhleathach. Éigníodh í agus theastaigh uaithi deireadh a chur leis an toircheas ach ní raibh sí ábalta tír na hÉireann a fhágáil agus ginmhilleadh a fháil i Sasana, mar a dhéanann mná na hÉireann más mian leo nuair a bhíonn siad sa chás sin. Ní raibh víosa ceart aici, agus thairis sin ní raibh a dóthain airgid aici chun taisteal go Sasana. Thóg sé an oiread sin ama ar na húdaráis in Éirinn cead a thabhairt di deireadh a chur leis an toircheas go raibh an naonán beagnach ullamh le teacht ar an saol. Rinneadh an obráid agus mhair an leanbh.

'Tá báibín aici?'

Aisling a chuir an cheist.

'Bhuel. Tá an leanbh ag an HSE. Níl an cailín seo ach ceithre bliana déag d'aois. Níl ar a cumas páiste a thógáil. Is inimirceach í gan cearta ar bith.'

'Hm.'

'Tógfaidh lánúin mhaith an leanbh ar altramas. Cuirfidh an leanbh sin gliondar ar chroí daoine maithe éigin agus beidh saol maith aige ... nó aici.'

'Cad faoin gcailín? An t-inimirceach a éigníodh, ar cuireadh iallach uirthi leanbh an té a d'ionsaigh í a iompar?'

'Beidh sí ceart go leor,' arsa Eibhlín. 'Tarlaíonn na rudaí seo. Drochrudaí.' Lig sí osna. 'Ach leigheastar beagnach gach buairt le ham. Diaidh ar ndiaidh déanfaidh an cailín bocht sin dearmad ar ar tharla. Agus beidh an naíonán sin ag baint sult as an saol.'

'Bhuel,' arsa Aisling. Níor mhaith léi leanbh a iompar ar

feadh naoi mí, chun é a thabairt suas do lánúin mhaith. An ndéanfadh sí dearmad ar a leithéid, dá dtarlódh sé?

Ní raibh sé ar intinn ag Eibhlín go mbeadh deis ag Aisling an tráthnóna ná an oíche a chaitheamh ina haonar díreach toisc go raibh uirthi féin a bheith as baile. Bhí socruithe déanta aici chun a chinntiú nárbh amhlaidh a bheadh.

Bhí garda curtha in áirithe aici chun a háit a ghlacadh fad a bheadh sí gafa le gnó eile.

Éamonn.

'Nach gá dósan a bheith ag an gcruinniú freisin?'

Cé gur lig Aisling uirthi go raibh sí corraithe, i ndáiríre ba chuma léi. Ní raibh sí míshásta go raibh Éamonn le bheith ina teannta ar feadh tamaillín. D'fhéadfadh sí smaoineamh ar a lán daoine eile a bheadh níos measa mar chomhluadar.

'Ní gá. Tá an-chuid oibre eile le déanamh. Beidh sé gnóthach san oifig fad a bheidh sé anseo. Ná bí ag cur isteach air.'

Ní raibh sé sin ar intinn ag Aisling.

Tháinig Éamonn díreach sular fhág Eibhlín an teach.

'Tá píotsa sa chuisneoir,' arsa Eibhlín. Píotsa! Arís. Bia an fheachtais in aghaidh an ghinmhillte, sa teach seo!

Píotsa ar son na mbeo gan bhreith. 'Bíodh sin agaibh don dinnéar pé am is mian libh. Beidh mé sa bhaile arís timpeall a haon déag.'

Thug sí póg d'Éamonn agus d'Aisling. Líonadh srón Aisling le boladh cumhra a máthar – an-láidir anocht. Bhí Eibhlín tar éis a bheith rófhlaithiúil leis an Chanel Nº5. Bhí a rian fós san aer tar éis imeacht di agus a carr le cloisteáil ag dul amach an geata.

'Cathain a bheidh an píotsa sin againn?' a d'fhiafraigh Éamonn di.

Bhí sé gléasta ina chulaith agus bóna agus uile, ag teacht ón oifig dó. Agus bhí sise fós ina héide scoile; níor bhac sí inniu leis an bhfeisteas dubh. Bhí a cuid gruaige cíortha go néata aici, don scoil. Bhí an ghruaig ag fás cheana féin. Bheadh uirthi dul chuig gruagaire éigin sula i bhfad nó bheadh deireadh leis na spící.

'Ar a seacht a chlog?'

Ní raibh sé ach leathuair tar éis a cúig.

'Togha!' arsa Éamonn. 'Táim cinnte go bhfuil a lán le déanamh agatsa idir an dá linn. Beidh mise san oifig ar an ríomhaire má bhíonn aon rud uait.'

Rinne Aisling miongháire.

'Níl a fhios agam cad a bheadh uait i do theach féin nárbh fhéidir leat teacht air tú féin ... ach, tá a fhios agat ...'

Rinne sé a ghuaillí a shearradh.

Gháir Aisling arís.

'OK!' arsa Éamonn. 'Go dtí a seacht!'

Amach leis agus isteach san oifig ar an taobh thall den halla.

Bhí deis anois ag Aisling an gnáth-theileafón, teileafón an tí, a úsáid, rud nach raibh nuair a bhí Eibhlín thart. Bhí sí cinnte nach mbeadh Éamonn ag éisteacht ar an bhfolíne.

Ghlaoigh sí ar Chonall.

'Fág teachtaireacht más é do thoil é i ndiaidh na blípe.'

'A Chonaill, cur glaoch orm ag an uimhir seo roimh a haon déag anocht,' an teachtaireacht a d'fhág sí.

Ansin chuir sí glaoch ar Sara.

'Haidhe,' arsa Sara. Ba léir ar a glór nár aithin sí an uimhir. Ar ndóigh b'annamh Aisling ag glaoch ón líne thalún.

'Aisling anseo.'

'Aisling! Conas...'

'Ar an líne thalún.'

'OK. *So* cad atá ar siúl agat? Ceist áiféiseach. Tá a fhios agam cad atá ar siúl agat. Tíreolaíocht. Cad eile?'

Níor bhraith sí go raibh Sara neirbhíseach.

'Aon teachtaireacht dom ó Chonall?' arsa Aisling.

'Níor bhreathnaigh mé. Ní dóigh liom é.'

'Nach bhfuil sé sin aisteach?'

Bhí ciúnas ar an líne.

'Shílfeá go mbeadh creidmheas faighte aige faoin am seo. Nó d'fhéadfadh sé fón duine éigin eile a úsáid, mar a rinne mise. Nó gnáthfhón.'

'Ceart ...' Ciúnas arís.

'Cad a cheapann tusa, Sara? Cad é do bharúil? 'Bhfuil aon tuairim agat faoi chúis ar bith a bheadh ag Conall gan teagmháil a dhéanamh liom?'

Labhair sí go bagrach. Chuala sí féin go raibh a glór ag ardú, go raibh sí feargach.

'Beidh ort labhairt le Conall faoi,' arsa Sara. 'Tá brón orm, a Aisling. Ach ní féidir liom an rud seo a phlé. Is é a ghnósan é.'

A ghnósan? Bheith ag siúl amach le Sara?

Bhí ciúnas ar an líne arís. Níor labhair ceachtar acu ar feadh nóiméid. Nóiméad an-fhada.

Bhí Aisling ar tí an cheist a bhí ag cur isteach uirthi ón uair a chonaic sí Sara agus Conall ag siúl cois farraige a chur. B'fhéidir go raibh míniú nádúrtha, deas, ar an scéal.

Ach theip a misneach uirthi. Ní raibh sí ábalta na focail a bhrú amach.

'Slán, Sara.'

Leag sí uaithi an fón gan focal eile a rá.

***

Mhothaigh Aisling láidir fuarchúiseach agus í ar an bhfón, go dtí an nóiméad deireanach. Chomh luath agus a chríochnaigh an comhrá tháinig athrú iomlán uirthi. D'airigh sí faiteach, neirbhíseach, cloíte agus scriosta. Shíl sí go raibh sí gan bhrí, nach raibh neart ina corp. Smugairle róin a bhí inti, smugairle róin a bhí caite suas ar an trá ag breathnú ar an taoide ag trá. Tréigthe.

Níorbh aon mhaith di dul in airde staighre i mbun staidéir. Cad ab fhiú a bheith ag staidéar anois? Bhí sí tréigthe faoi dhó. Ag an gcara ab fhearr léi, agus ag an mbuachaill lena raibh sí i ngrá.

Sea. I ngrá. Níor thuig sí go dtí anois é. Níor úsáid sí an focal sin riamh roimhe seo, agus í ag smaoineamh ar Chonall. Dá mba rud é go ndúirt aon duine léi trí lá ó shin go raibh sí i ngrá, shéanfadh sí é, shílfeadh sí gur seafóid ar fad é. Ba chara léi Conall. Duine deas ab ea é. Thaitin sé léi.

Ach anois a thuig sí é.

Grá, grá, grá.

Shuigh sí ar an tolg sa chistin, ag smaoineamh ar a saol ainnis. Ní raibh oiread is rud amháin ag oibriú amach di.

Phreab an guthán.

Bhí a fhios aici gur Sara a bheadh ann. Níor theastaigh uaithi labhairt léi. Ní raibh sí chun labhairt léi go deo arís.

Mar sin féin, d'fhreagair sí an guthán.

'Heileo,' a dúirt guth nár aithin sí. *'My name is Emma Summers. I'm doing a survey on behalf of Red Sea Ltd. How are you today, Madam?'*

Dúirt Aisling nach raibh am aici an suirbhé a dhéanamh.

Ó mo Dhia!

Cén fáth nach raibh Sara ag glaoch ar ais, ag gabháil leithscéil, ag iarraidh maithiúnais?

Shuigh sí síos arís. Stán sí amach an fhuinneog mhór. Ní raibh aon rud le feiceáil. An gairdín chomh dubh le préachán, dorchadas na hoíche i ngach aon bhall. Scáil a haghaidh féin ag breathnú ar ais uirthi, as fócas, amhail is dá mbeadh sí faoi uisce.

''Bhfuilim ag cur isteach ort?'

Sheas Éamonn ar an taobh eile den seomra, ag leathgháire.

'Ó níl ... níl.' arsa Aisling. Ach bhí rud éigin tar éis tarlú dá guth. Is ar éigean a bhí sí ábalta na focail a rá.

''Bhfuil rud éigin cearr?'a d'fhiafraigh sé. Chuaigh sé anonn chuici agus sheas os a comhair amach.

'Níl ...'

Phléasc sí amach ag gol.

Ní raibh ar a cumas na deora a choimeád siar. Bhris siad amach uaithi mar a bhrisfeadh uisce amach as tobar, nó laibhe as bolcán. Bhí a sruth nádúrtha féin leo.

Shuigh Éamonn síos in aice léi agus chuir a lámh thart timpeall uirthi.

'Tóg go bog é. Tóg go breá bog é.'

Chaoin sí ní ba mhó ansin.

Tharraing Éamonn na cuirtíní – na cuirtíní dearga veilbhite. Tháinig cuma chluthar ar an seomra láithreach.

'Cupán tae!' arsa Éamonn.

An réiteach a bhí aige ar gach uile fhadhb.

'Ba mhaith, go raibh maith agat,' arsa Aisling, cé nár cheist a bhí aige ach ordú.

Rinne sé an tae. Chuir dhá spúnóg siúcra ina cupán mar a rinne an uair dheireanach a d'ullmhaigh sé tae di toisc í a bheith ag caoineadh.

Shuigh sé lena hais agus í á ól go mall réidh.

Agus ina dhiaidh sin d'inis sí an scéal truamhéalach ar fad dó.

Cóitín dearg 1

Ní raibh Sara agus Conall ag siúl amach le chéile, ná mór le chéile, ná aon rud mar sin.

B'in a mhínigh Sara di ach go háirithe, nuair a fuair sí an deis – seachtain tar éis lá úd na tubaiste, an lá a chonaic Aisling an bheirt ag spaisteoireacht cois farraige.

'Bhí mé ag insint dó go raibh tú i gcruachás. Le do mháthair agus é sin ar fad.'

D'fhan Aisling ina tost. Bhí a fhios aici dá bhfágfadh sí bearna sa chomhrá go líonfadh Sara é le racht eolais. Nó bréaga?

'Chuir sé téacs chuig mo ghuthán, duitse. Ba cheart dom é a rá leat, tuigim sin anois.'

Sea, arsa Aisling, léi féin, ach níor labhair sí os ard.

'Ghlaoigh mé air agus shocraíomar bualadh le chéile ar an *prom*. Agus sin a tharla. D'inis mé dó nach raibh cead agatsa dul amach, nach raibh an fón agat, go raibh do mháthair ag iarraidh tú a choimeád ón Idirlíon fiú.'

Bhí sé in am ceist a chur.

'Cad a dúirt seisean?'

'Bhuel.' Bhí uirthi smaoineamh. 'Go raibh sé sin go léir go huafásach.'

'B'in a dúirt sé?'

Cé a déarfadh a mhalairt?

'Dúirt sé go raibh brón air gur tharraing sé an trioblóid seo ort.'

''Bhfuil sé chun bualadh liom?'

Sos. Searradh. Ansin:

'Cuir glaoch air.'

'Agus níl tusa ag siúl amach leis?'

Leath na súile ar Sara.

''Aisling! Níl suim ar bith agam ann.'

Thug Aisling barróg mhór di.

***

Bhí na scrúduithe thart, agus sos cogaidh sa rang ar feadh tréimhse gairid. Fios ag gach duine go raibh tuilleadh oibre le déanamh amach anseo, nach raibh sna scrúduithe seo ach cleachtadh, ach mar sin féin mhothaigh siad go raibh rud éigin curtha i gcrích acu. Bhí sé deacair tosú arís ar an obair dhian. Bhí sé deacair tumadh isteach arís sa tobar sin, tobar na scrúduithe, nuair a bhí tú díreach tar éis teacht amach as agus tú ar thalamh tirim. Ní bheadh sé furasta a bheith neirbhíseach an athuair, fiú amháin. Tá teorainn leis an méid eagla is féidir le duine a bhrath, maidir le scrúduithe.

Bhí atmaisféar ciúin sa scoil, fad is a bhí siad ar an teorainn idir na scrúduithe agus na torthaí. Agus idir an dá linn bhí an briseadh meántéarma ann.

Rud eile. Bhí a fón póca ag Aisling arís. Thug Eibhlín ar ais di é an Satharn tar éis na scrúduithe, nuair a bhí an briseadh meántéarma ag tosú. Ní dúirt sí faic, ach shín an gléas chuici. Bhí sí tar éis géilleadh, maidir le beagnach gach rud eile. Tuirse ag teacht ar Eibhlín. Bréan den choimhlint. Bhí sé róthrioblóideach a bheith ag faire ar Aisling an t-am ar fad; bhí cúraimí eile uirthi a bhí níos práinní, dar léi féin. Diaidh ar ndiaidh, scaoil sí leis na rialacha agus faoin am a raibh na scrúduithe meántéarma thart, bhí saol Aisling ar ais ar an ngnáthbhonn. Bhí a fón aici, bhí sí ar ais ar an ríomhaire, bhí sí ag teacht is ag imeacht díreach mar a dhéanadh i gcónaí.

Ní raibh trácht ar bith ar scoil chónaithe.

Ba é an t-aon rud ná go raibh sí an-chúramach gan a feisteas iarlaise a chur uirthi féin nuair a bhí Eibhlín thart.

Bhí sé aisteach an fón a bheith ina lámh arís. Trí seachtaine dá cheal agus bhí sí dulta i dtaithí cheana féin ar gan é a bheith aici, ar gan a bheith i dteagmháil le daoine ar feadh an lae, 24-7. Bhreathnaigh sí ar na téacsanna. Bhí dhá cheann ann ó Chonall, a chuir sé chuici ag tús na tréimhse sin, tar éis na tubaiste maidir leis an scannán. Agus bhí cúpla ceann eile ó Sara an tseachtain chéanna sin. Ina dhiaidh sin, faic, ach téacsanna ó Vodafone ag iarraidh rudaí nár thuig sí cad iad a dhíol léi. De réir dealraimh chuaigh a cairde i dtaithí ar an easpa teagmhála tapa go leor freisin. Mura seolann tú amach téacsanna ní fhaigheann tú iad.

Chuir sé ionadh uirthi, agus díomá, a laghad daoine a rinne iarracht teachtaireacht a chur chuici, agus a laghad teachtaireachtaí agus a chuir an líon beag sin. Shílfeá go ndéanfaidís iarracht níos díograisí. Ach bhí sé soiléir gur ghlac siad leis go han-tapa ar fad nach raibh sí ar fáil. Lean saol na dtéacsanna ar aghaidh dá ceal.

Chomh luath agus a fuair sí an fón ar ais chuir sí scéala chuig Sara, ag tabhairt le fios di go raibh an fón aici arís agus go raibh sí fillte ar an ngnáthshaol tar éis a tréimhse san fhásach, fásach gan fón ná Idirlíon. Agus chuir sí téacs chuig Conall freisin, ag rá an ruda chéanna. D'fhreagair Sara láithreach.

Íont! XXX S.

Níor fhreagair Conall. Ach bheadh sé fós ina chodladh. Ní raibh sé ach a haon déag a chlog. Chodlaíodh na buachaillí go léir go meán lae ar a laghad nuair a bhídís saor ón scoil. Cuid acu go deireadh an lae. Dhéanaidís oíche den lá agus lá den oíche.

***

Toisc go raibh Eibhlín as baile ar feadh an lae, chaith Aisling an tráthnóna ag iarraidh a cuid gruaige a chóiriú i stíl na hiarlaise arís. Ní raibh go leor airgid aici chun dul isteach sa chathair go dtí an gruagaire agus ar aon nós níorbh fhiú, mar bheadh uirthi an stíl a athrú roimh dheireadh an lae. Ach bhí sé an-deacair an rud a rinne an gruagaire a dhéanamh tú féin. Ghearr sí píosaí gruaige agus chuimil an stuif úd isteach ann, ach níor éirigh léi an íomhá cheart a bhaint amach. Bhreathnaigh sí cosúil le cailín a rinne iarracht a cuid gruaige a ghearradh, tar éis di beagnach dhá uair an chloig a chaitheamh os comhair an scatháin, ag útamáil.

Ach bhí sí in ann na héadaí gotacha a chaitheamh, agus rinne. Mhothaigh sí i bhfad níos fearr sa sciorta dubh agus na giúirléidí go léir a chuaigh leis. Mhothaigh sí go raibh sí ag athrú arís, pearsantacht nua, dhána, chróga, á sealbhú aici. Chuir sí ceol ard, ceol miotal trom, ar siúl, chun an mothú sin a ghríosadh agus a spreagadh. Tar éis cúpla amhrán ó Babymetal d'airigh sí gur duine eile ar fad a bhí inti.

Fuair sí freagra ó Chonall thart faoina sé a chlog.

Léim a croí cróga, dána, nuair a chonaic sí a ainm sa bhosca.

Hi Aisling. Táim ag traenáil anocht. Conall.

Thit a croí.

Bhí sé ag traenáil. Ach cén fáth nach dúirt sé go mbeadh sé saor amárach? Nó nár luaigh sé go mbeadh sé i dteagmháil? Cén fáth nár sheol sé XXXXXX chuici? Nó ar a laghad XXX ? Nó fiú X amháin?

'Toisc gur buachaill é. Beidh sé i dteagmháil. Glacann sé leis go dtuigeann tusa sin agus nach gá é a lua.'

'Sara.'

'Ach...'

'Tá siad mar sin.'

'Cén fáth?'

'Níl a fhios agam. Ach ná bíodh imní ort. Beidh sé ag

téacsáil amárach.'

''Bhfuil tusa saor? Tá píotsa do bheirt agam agus DVD maith.'

'Brón orm. Táim ag bualadh le duine sa chathair.'

Cé?

'Éist, caithfidh mé rith. Buailfidh mé timpeall chugat amárach. Póg póg!'

Théigh Aisling an píotsa agus d'ith a leath, agus í ag breathnú ar *Friends* ar an gcainéal sin a chraobhscaoileann *Friends* an t-am ar fad.

Bhí sí cosúil le Monica, a shíl sí. Monica a bhí inti. Agus bhí Sara ar nós Rachel. Bhí Monica go hálainn – bhí siad ar fad go hálainn, i comparáid le gnáthdhaoine – ach ní raibh aon chomórtas idir Monica agus Rachel. Bheadh an bua ag Rachel, i gcónaí. Cé go raibh sé deacair a dhéanamh amach cén fáth. Toisc go raibh sí páistiúil? Ag déanamh botún de shíor? Agus go hálainn ag an am céanna.

Bhreathnaigh Aisling uirthi féin sa scáthán arís, sa seomra folctha beag ag bun an staighre. Bhí aghaidh chlasaiceach aici. Ar nós Monica. Gach rud rialta. Gach rud go deas.

Ach bhí rud éigin in easnamh, b'fhéidir.

Cad a dhéanfadh sí anois?

Ní raibh ciall ar bith le fanacht sa bhaile agus í gléasta le dul amach.

Ní raibh Sara ar fáil. Bhí Conall tar éis í a dhumpáil. Oíche dé Sathairn tar éis na scrúduithe bréige, tús bhriseadh an earraigh. Cén saghas duine a d'fhanfadh sa bhaile ag breathnú ar an teilifís?

Loser. Ní fhanann iarlaisí sa bhaile oíche Shathairn. Ná banphrionsaí.

Imeacht

Bhí bean dhubh sa halla fáilte. Aoibh chairdiúil uirthi.

'Maidin mhaith,' a dúirt sí, ag miongháire. Bhí fiacla an-bhán aici agus í an-dathúil. Próca bláthanna ar an deasc. Lile na nGleanntán. Boladh deas cumhra uathu. 'Tusa ... Aisling?'

Éislinn?

'Aisling,' arsa Aisling.

Nach maith a bhí a fhios aici.

'Gabhaim leithscéal!' Rinne sí gáire, mar a rinne gach duine nuair nár éirigh leo ainm i nGaeilge a rá i gceart. 'Fáilte, Ais-ling. Bhí mé ag caint leat ar an nguthán. Ar aimsigh tú an áit gan deacracht?'

'D'aimsigh,' arsa Aisling, cé nach raibh sé sin fíor ar chor ar bith. Bhí uirthi treoir a fháil ó strainséirí ag an stáisiún traenach agus arís nuair a shroich sí Ealing Broadway. Shíl sí in amanna nach n-aimseodh sí an clinic go deo agus go mbeadh sí ag taisteal timpeall i gciorcail i Londain an chuid eile dá saol.

Ach féach! D'éirigh léi. Bhí sí anseo.

'Go hiontach!' Bhí blas Sasanach ar a cuid Béarla. Gan amhras, conas nach mbeadh? Ach bhí rud éigin faoin mblas sin a chuir as d'Aisling i gcónaí. Mhothaigh sí nach raibh a blas féin maith go leor – blas Chluain Tarbh, blas ar a raibh ardmheas ag muintir na hÉireann, an Blas Ceart, mar a déarfá, a chloisfeá ar an raidió agus ar an teilifís agus sna Ceithre Chúirteanna, dá mba ann duit. Ar an lámh eile de, bhí ceol sa bhlas Sasanach seo a thaitin léi.

'Conas atá tú? 'Bhfuil tú ag mothú go maith?' arsa an bhean ansin, ag baint geit as Aisling. B'annamh lucht leighis – na fáilteoirí – ag fiafraí faoi do shláinte. Ait go leor.

'Beagáinín tuirseach,' arsa Aisling.

'Ar ndóigh,' arsa an bhean. Sarah. Chonaic sí an t-ainm sin ar an suaitheantas a bhí ar a blús aici. Comhtharlú. Sara eile.

Threoraigh sí Aisling isteach i seomra feithimh. D'iarr sí uirthi doiciméid a bhí faighte aici ón ionad i mBaile Átha Cliath, ina raibh eolas leighis mar aon le scanadh, a thabhairt di. Agus thug sí foirm eile fós d'Aisling, le líonadh isteach.

'Beidh an dochtúir chugat i gceann ceathrú uaire an chloig,' ar sise. 'Tá tú rud beag luath!'

'Gabh mo leithscéal!'

'*No no*. Ní raibh sin i gceist. Is fearr go mór a bheith luath ná mall. Ba bhreá liom dá mbeadh gach duine chomh pointeáilte leatsa!' ar sise ag gáire. 'Tóg d'am anois agus lig do scíth, a stór. Agus táimse anseo má bhíonn ceist ar bith agat, OK?'

'OK,' arsa Aisling.

Fágadh ina haonar í.

Bhí ocras uirthi. Ba bhreá léi thar aon ní cupán tae agus tósta. Ach ní raibh cead aici rud ar bith a ithe. Go dtí ar ball. Tar éis a raibh le tarlú a bheith tarlaithe. An obráid. An imeacht, mar a thug siad air. Focal cuí mar a tharla. An ginmhilleadh. Focal nach raibh chomh deas. Lot. Milleadh.

Imeacht.

Uch!

Bhí an seomra feithimh compordach. Bláthanna anseo freisin. Tiúilipí bána i bpróca gloine. Péint dheas ar na ballaí. Bándearg. Bhí sí ina suí i gcathaoir uilinn bhán agus bhí tolg bán agus cathaoireacha uilinn eile thart sa seomra. Gach rud an-ghlan, an-deas, ach cluthar, ar nós seomra suí i dteach deas éigin, teach nach raibh formad ná coimhlint ar bith ann, teach ar a raibh ord agus eagar, ina raibh daoine cineálta sibhialta ag cur fúthu.

Den chéad uair le dhá mhí mhothaigh Aisling socair. Bhí sí san áit cheart anois, i measc daoine a thabharfadh aire di, i measc daoine nach raibh á cáineadh.

Dá mbeadh focal aici ar an atmaisféar a bhí sa seomra seo, 'máithriúil' an aidiacht a roghnódh sí.

Máithriúil mar a bhíodh Eibhlín agus Aisling ina leanbh óg. Máthair a bhféadfaí brath go hiomlán uirthi. Ní hamhlaidh don mháthair a bhí anois aici. Máthair a bhí mar namhaid ag a hiníon féin. Máthair a chuirfeadh a gairm féin, a tuairimí agus a hidé-eolaíocht, roimh shláinte a hiníne.

Bhí an oiread sin tuirse ar Aisling gur thit a codladh uirthi agus í ag feitheamh ar an dochtúir. Nuair a thiteann duine ina chodladh mar sin go tobann is minic brionglóidí acu. Isteach ina hintinn de luas lasrach na híomhánna a bhí i bhfolach – a bhí faoi shuan – faoin dromchla, ag breith ar an deis seo a tháinig gan choinne. Bhí Aisling i bhfoirgneamh mór, mar a bhí beagnach i gcónaí ina brionglóidí. Mar ba ghnáth bhí leatheolas aici ar an áit. Mhothaigh sí go raibh seanaithne aici ar an teach nó óstán nó pé rud a bhí ann, agus ar an lámh eile nár aithin sí aon rud ann. Bhí sí ag rith. Ag rith trí na seomraí agus fios aici go raibh daoine ar a tóir agus go raibh sí ciontach i rud éigin, coir éigin. Ní raibh a fhios aici cad a bhí déanta aici ach coirpeach ab ea í. Chuala sí coiscéimeanna troma laistiar di. Bhreathnaigh sí timpeall. Saighdiúir gléasta i bhfeisteas na meánaoise, culaith mháilleach air mar a bhíonn ar na ridirí sna scannáin. Liathróid iarainn, spící géara ag gobadh amach as, á luascadh aige. Bhí sí in aice fuinneoige. Amach léi ar leac na fuinneoige. Thíos fúithi bhí líne traenach. I bhfad síos. Bheadh uirthi léim chun éalú ón ridire mór gránna. Sheas sí ar leac na fuinneoige, mar a bheadh sí reoite.

Dhúisigh sí.

Doras an tseomra á oscailt: an fhuaim sin a mhúscail í. Bhí an bhean dheas ansin.

''Bhfuil tú ceart go leor, a Aisling?'

Chroith sí a ceann.

Na ballaí bándearga. An chathaoir chompordach.

Na tiúilipí.

'Thit do chodladh ort?'

'Thit.'

'An bhfuair tú seans an fhoirm a líonadh isteach?'

Bhreathnaigh Aisling ar an bpíosa páipéir ina luí ar an mbord taobh léi.

'Níl sé líonta isteach agam.'

Bhí an bhean ag miongháire ach shíl Aisling anois go raibh fuarchúis ina súile – cé go raibh dath álainn donn orthu.

'Fadhb ar bith. Tá siad réidh faoi do choinne anois sa seomra ullmhúcháin. Ach ní foláir an fhoirm a líonadh ar dtús. An miste leat é a dhéanamh anois?'

Líon sí isteach an fhoirm.

Na gnáthshonraí. Ainm agus seoladh agus uimhir fóin. Pósta nó singil.

A fuilghrúpa. Bhí sin faighte amach aici roimh ré, mar mheabhraigh Sandra di ar an bhfón go mbeadh an t-eolas sin tábhachtach. Cathain a bhí an fhuil mhíosúil is déanaí aici. Dá mba mhian léi, eolas faoi conas mar a tharla an toircheas. De bharr caidrimh le leannán, nó céile.

Foréigean.

Roghnaigh sí gan an bosca sin a líonadh.

A haois.

Chuir sí bliain leis. Sé bliana déag.

ICE?

A máthair, ar ndóigh.

Ach is é ainm Sara a chuir sí sa bhosca, agus a huimhir fóin.

Sara a chabhraigh léi an clinic seo a aimsiú agus na socruithe go léir a dhéanamh. Sara a rinne í a thionlacan go dtí an t-ionad sa bhaile, ina ndearnadh í a scrúdú, an scanadh a dhéanamh, agus gach rud eile. Sara a ghoid airgead as cuntas a máthar féin, le cur leis an airgead a bhí ar Aisling féin a ghoid, arís, ó chuntas Visa Eibhlín.

Bhí Sarah, an Sarah Sasanach, ar ais laistigh de chúig nóiméad.

'Ullamh ar fad? Go hiontach!'

Bhí sí cairdiúil arís.

Léigh sí an cháipéis go tapa.

Sea, sea, sea.

Nuair a tháinig sí go dtí an dáta breithe stop sí.

''Bhfuil tú sé bliana déag?'

Bhí sos beag ann. Níor labhair Aisling.

'Eshling,' arsa Sarah. 'De réir dhlíthe na Breataine tá sé de chead ag aon bhean atá os cionn dhá bhliain déag ginmhilleadh a fháil, gan cead ó aon duine, ach í a bheith ciallmhar. Ní gá a bheith ag cur i gcéill.'

Ní dúirt Aisling focal.

D'fhan Sarah ag breathnú uirthi, ceist ina súile.

'Níl fadhb ann de réir an dlí. Agus geallaimid go bhfuil gach rud a tharlaíonn anseo ina rún idir sinn féin agus an bhean. Ná bíodh aon eagla ort, 'Eshling.'

Bhreathnaigh Aisling uirthi agus labhair os íseal.

'Táim cúig bliana déag.'

***

Bhí náire uirthi. Faoina haois! Faoi a bheith anseo. Faoi a bheith torrach.

Mhothaigh sí gur choirpeach í. Coirpeach salach gránna. Rinneadh éagóir uirthi. Ach anois b'ise a bhí ciontach. B'ise a bhí ag sleamhnú thart go cúlráideach faoi rún, ag insint bréaga ar nós dúnmharfóir ar a theitheadh ón dlí.

Bhí náire uirthi a bheith beo.

'Tá an rud ceart á dhéanamh agat,' leag Sarah lámh uirthi,

go cneasta. Amhail is gur thuig sí cad iad na smaointe a bhí ag rith trí intinn Aisling.

Bhí an tuiscint sin ag an Sara eile. An Sara sa bhaile i mBaile Átha Cliath. A thug cabhair di. A bheadh ag feitheamh léi ag an aerfort. A raibh eolas beacht aici ar conas déileáil leis an bhfadhb seo, eolas cruinn, tuiscint thar cuimse. Conas a bhí an cur amach sin go léir aici?

'Sara Boyle?'

Líne eile san fhoirm ag baint barrthuisle as an Sarah Sasanach.

'Sea?'

'An í Sara Boyle an gaol is cóngaraí atá agat?'

'Is í mo chara í.'

'Sea.' Sos beag eile. 'A Aisling, beidh orm ainmneacha agus sonraí do thuismitheoirí a bheith agam.'

'Níl a fhios acu go bhfuilim anseo.'

Rinne sí meangadh gáire agus leag lámh go cairdiúil ar ghualainn Aisling.

'Tá a fhios agam nach bhfuil. Agus geallaimse duit nach bhfuilimid chun iad a chur ar an eolas. Ach má tharlaíonn aon rud ...'

'Aon rud?'

'Mar shampla, dá mba rud é go bhfuair tú bás, bheadh orainn fios a chur ar do thuismitheoirí. Níl sé sin chun tarlú. Agus geallaimid go bhfuil gach rud a tharlaíonn sa chlinic seo ina rún. Idir tusa agus an dochtúir. Ar eagla na heagla, áfach.'

Scríobh Aisling ainm a máthar ar an bhfoirm.

Ciontach. Scanraithe. Agus tinn.

Chuir an dochtúir an-chuid ceisteanna uirthi.

Bean a bhí inti, meánaosta nó críonna. Ní raibh sí gealgháireach ar nós Sarah. Bhraith Aisling go raibh tuirse uirthi. Gruaig liath. Aghaidh chineálta, roctha.

Bhí sí ina suí ag bord nach raibh aon rud air ach comhad agus páipéar. Bhí an oifig ar fad mar sin – lom, gan ann ach an trealamh riachtanach. Bord, dhá chathaoir, leaba ard. Uirlisí ar bhord in aice na leapa. Doirteal.

Tar éis na gceisteanna bhí ar Aisling luí ar an leaba. Rinneadh mionscrúdú uirthi. Níor ghortaigh aon cheann de na scrúduithe í ach bhí siad míchompordach.

Nuair a bhí an útamáil go léir thart, bhain an dochtúir na lámhainní rubair di agus thóg lámh Aisling ina lámh féin. Bhí lámh an dochtúra te bog. Go tobann thosaigh

Aisling ag caoineadh.

'Sea,' arsa an dochtúir. 'Beidh gach rud ceart go leor.'

Lig sí d'Aisling caoineadh go dtí go raibh deireadh leis an taom.

'Tá gach rud go maith,' arsa an dochtúir. 'Togha na sláinte agat. Ní bheidh fadhb ar bith agat.'

'OK,' arsa Aisling.

'Caithfidh mé a chinntiú uair amháin eile go bhfuil tú ag iarraidh ginmhilleadh a fháil. 'Bhfuil tú cinnte, a Aisling?'

'Táim.'

'Níl aon éiginnteacht ann?'

'Níl.'

'Níl do chorp aibí. Níl tú mór go leor chun leanbh a iompar. Dá mbeinn ag cur comhairle ort bunaithe ar bhonn na sláinte amháin bheinn ag moladh duit deireadh a chur leis an toircheas seo.'

Mhínigh sí ansin cad a dhéanfadh sí. Obráid bheag chun an ghin a thógáil amach. Imeacht beag. Ní raibh ach ocht seachtaine ann ó thosaigh an toircheas agus ba é seo, dar léi, an modh ab éifeachtaí le deireadh a chur leis. Níos tapúla ná piollaí a thógáil. Ní thógfadh an imeacht ach cúpla nóiméad. Bheadh sí beagáinín míchompordach.

Chuaigh Aisling isteach in obrádlann. Bhí an imeacht níos mó ná míchompordach. Bhí sé pianmhar. Lig sí scread.

'Tóg go bog é,' arsa an dochtúir.

Níor thóg sé ach ocht nóiméad ach bhraith Aisling gur ocht n-uaire an chloig a bhí sí sínte ar an mbord.

'Anois! Gach rud thart!'

Tógadh isteach go seomra eile í, seomra ina raibh cathaoireacha uillinn. Bhí seisear ban eile ann, cuid acu ag léamh, duine amháin ar an bhfón. Beirt agus an chuma orthu go raibh siad ina gcodladh.

'Ceart go leor?'

Banaltra.

'Tá.'

'Ar mhaith leat cupán tae?'

Ghlac sí go fonnmhar leis.

Tae deas te milis.

Lig an dochtúir osna agus shíl Aisling go ndúirt sí aon fhocal amháin os íseal:

'Éire!'

Ní dúirt Aisling faic.

'Níl seans ar bith go bhféadfá fanacht anseo go ceann trí lá?'

Ní raibh.

'Ceart go leor. Caithfidh tú fanacht anseo sa chlinic go ceann uair an chloig ar a laghad. Agus ba cheart duit sos a ligean agus fanacht i Londain go dtí amárach ar a laghad. Glacaim leis go bhfuil lóistín agat?'

Dúirt Aisling go raibh. Cé nach raibh. Bhí sí chun dul abhaile tráthnóna ar eitleán a d'fhágfadh Stanstead ag a ceathair a chlog. Bheadh sí sa bhaile i gCluain Tarbh faoi am dinnéir.

'Ba cheart go mothófá slán faoi cheann lae nó dhó. Tá seans go mbeidh sruth fola ann uair éigin inniu. Beidh sé ar nós fuil mhíosúil – éadrom. Má bhíonn sé pianmhar, tóg paraicéiteamól.'

'Go raibh maith agat.'

'Má bhíonn sceitheadh trom fola ann, nó má mhothaíonn tú tinn, cuir fios láithreach orainne nó ar dhochtúir nó téigh go dtí an t-ospidéal.'

'Déanfaidh.'

'Tuigeann tú an méid sin? Tá sé an-tábhachtach cabhair a fháil má bhíonn fadhb ar bith agat. Sin an fáth a mbeadh sé ciallmhar fanacht i Londain go ceann tamaillín ...'

'Tuigim.'

Bhreathnaigh an dochtúir go hamhrasach uirthi.

'Tabhair aire duit féin.'

Ar an mbealach amach, d'íoc Aisling an táille le Sarah. 700 euro. (Lascaine aici, toisc gur Éireannach í agus go raibh costais taistil le cur san áireamh.) Ghlac sí leis in euro, ceithre bhille déag de nótaí 50 euro, cé gur puint a bhí acu fós i Sasana.

Seanaimseartha a bhí siad ar bhealaí áirithe.

Bearna bhaoil

'Cá raibh tú?'

Bhí sí sa bhaile faoi am dinnéir. Ach ní raibh dinnéar ar fáil – rud nár chuir isteach ar Aisling, mar ní raibh fonn ar bith uirthi aon rud a ithe.

Bhí Eibhlín ar buile.

'Dúirt mé leat. Bhí mé ag cabhrú le Sara lena cuid mata. Níl tuiscint cheart aici ar staitisticí.'

'Bhí mé ag feitheamh ag geata na scoile ar feadh leathuair an chloig.'

'Chuir Sara téacs chugat. Bhí an ceallra ídithe ar m'fhónsa.'

'Ghlaoigh mé ar Sara agus freagra ní bhfuair mé go dtí uair an chloig ó shin.'

B'in an uair a thuirling sí.

'Chuaigh mé timpeall chuig a teach agus ní raibh aon duine ann.'

'Bhíomar sa leabharlann.'

Bhí Sara ag an aerfort mar a gheall sí. Bhí an oiread sin áthais ar Aisling a cara a fheiceáil nuair a shiúil sí amach tríd an ngeata! Sara, ina héide scoile, ag an gcrios slándála. Rinne sí an comhartha: cúig in airde! Agus d'fhreagair Sara leis an gcomhartha céanna.

Faoiseamh.

Bíonn faoiseamh chomh tréan le háthas ar uairibh.

B'fhéidir gurb ionann an dá mhothúchán?

'Cén leabharlann?'

'Um ...'

Chuir sí an cheist arís. Mhúscail Aisling.

'An leabharlann phoiblí.'

Lig Eibhlín osna mhór.

'An féidir oiread is focal amháin a deir tú a chreidiúint?'

Níor bhac Aisling í a fhreagairt. Ní féidir, an freagra. I do chás-sa. Ach ní ormsa an locht.

'Anois níl aon dinnéar ullmhaithe agam agus caithfidh mé dul chuig cruinnithe i gceann uair an chloig.'

Níorbh aon rud nua an scéal sin!

Chuir Aisling an teilifís ar siúl.

'Beidh orainn béile a fháil ón mbialann beir leat. Cad ba mhaith leat? Píotsa?'

Píotsa!

'Níl ocras orm.'

'Cad ba mhaith leat, a Aisling?'

'Sicín *chow mein*.'

D'airigh sí masmas ag teacht uirthi agus na focail á rá aici, fiú.

Fágadh Aisling ina haonar sa teach.

Bhí an fuinneamh ar fad imithe as feachtas Eibhlín maidir le hAisling a choimeád faoi gharda an t-am ar fad. Bhí sé ródheacair socruithe a dhéanamh a dheimhneodh nach raibh sí riamh gan chompánach cuí. Bhailigh Eibhlín a hiníon ón scoil cuibheasach rialta. Ach théadh Aisling chun na scoile ar maidin as a stuaim féin. Agus minic go leor bhí sí ina haonar sa bhaile istoíche agus Eibhlín ag freastal ar chruinnithe. Bhí raic ar siúl arís faoin nginmhilleadh, agus an seaneagla ar Eibhlín agus a comhghleacaithe sa ghluaiseacht go mbeadh reifreann ann a thabharfadh deis do mhuintir na hÉireann an dlí a athrú. Bhí an-chuid oibre le déanamh, chun brú a chur ar an rialtas gan ligean don reifreann dul ar aghaidh. Bhí an t-ádh le hEibhlín go raibh an rialtas a bhí ann, agus an Taoiseach féin, fíorchoimeádach, go háirithe maidir le haon rud a bhain le cúrsaí gnéis, agus thar a bheith toilteanach ligean do chúrsaí fanacht mar a bhí. Ach ghéillfidís dá mbeadh baol ann go gcaillfidís vótaí mura dtabharfaidís cead don phobal cinneadh nua a dhéanamh. Bhí ar Eibhlín agus a comhghleacaithe a bheith ullamh. Dá mbeadh reifreann ann, bheadh orthu a chinntiú nach roghnódh muintir na hÉireann athruithe a dhéanamh. Bheadh orthu a léiriú go raibh an ginmhilleadh i gcás ar bith i gcoinne dhlí Dé agus an dlí nádúrtha. Bheadh orthu gach argóint faoin ngrian a úsáid chun a chur ina luí ar dhaoine gur dúnmharú a bhí sa ghinmhilleadh agus go gcaithfí cearta an naonáin sa bhroinn a chosaint i dtír na hÉireann.

Bhí ar Aisling an *chow mein* a ithe.

Ba bheag nár thacht sé í. Agus níor thúisce ite aici é ná chuir sí amach é.

D'éirigh léi an seomra folctha a bhaint amach in am. Ach mhothaigh sí go dona tinn agus ba ar éigean a bhí ar a cumas siúl ar ais go dtí an chistin. Shuigh sí ar an tolg.

'Tá dreach taibhse ort!' Bhí a cuid ite ag Eibhlín agus í ag cur plátaí sa mhiasniteoir. ''Bhfuil rud éigin ort?'

'An t-am sin den mhí,' arsa Aisling. Níor labhair sí riamh le hEibhlín faoi na gnóthaí seo.

'A stór!' D'éirigh sí as an obair a bhí idir lámha aici agus thug aird ar a hiníon. Thaitin sé go mór le hEibhlín go raibh Aisling ag roinnt an scéil seo léi. B'fhéidir go raibh an gaol eatarthu ag dul i bhfeabhas arís? ''Bhfuil pian ort? Tabharfaidh mé paraicéiteamól duit.'

'Ceart go leor,' arsa Aisling.

Thóg a máthair gloine ón gcófra agus d'aimsigh paicéad paraicéiteamóil ina mála. Thug sí dhá cheann d'Aisling. Leag sí a lámh ar a clár éadain.

'Tá teocht ard ort. '

'Airím ceart go leor anois,' arsa Aisling. 'Rachaidh mé a chodladh go luath.'

Chomh luath in Éirinn agus a fhágann tú an teach.

'Ní fheadar ar cheart dom fanacht sa bhaile anocht?'

'Ní haon ní é.'

Rinne Aisling iarracht cuma na sláinte a chur uirthi féin. D'airigh sí go huafásach.

Bhreathnaigh Eibhlín ar an gclog.

'Tá imní orm fút. Fanfaidh mé sa bhaile.'

Bhí Aisling ag mothú chomh tinn gurbh ar éigean a bhí ar a cumas cur ina choinne seo mar phlean.

'Beidh mé ceart go leor, a Mham.'

'Nach mór an trua nach bhfuil Éamonn thart.'

Bhain sin geit as Aisling. Bhí uirthi suí síos go tapa.

'Nach bhfuil sé thart?'

'D'imigh sé cúpla lá ó shin. Thar lear. Tá post mór faighte aige in Strasbourg. Tá sé chun a árasán i mBarra an Teampaill a dhíol.'

Ba ar éigean a chreid Aisling a raibh á chloisteáil aici.

Thosaigh fón Eibhlín ag preabadh. Labhair sí le duine éigin ar feadh nóiméid. Ansin leag sí a lámh ar chlár éadain Aisling arís.

'Sílim go bhfuil an teocht sin ag maolú.'

'Tá.'

Mhothaigh Aisling chomh lag gur shíl sí go bhfaigheadh sí bás dá seasfadh sí suas.

'Féach. Rachaidh mé go dtí an diabhal cruinniú seo agus tiocfaidh mé abhaile a luaithe agus is féidir. Má bhíonn aon rud uait ... má airíonn tú níos measa, cuir glaoch láithreach orm. Ní mhúchfaidh mé an fón agam in aon chor. OK?'

'OK.'

***

Bhí sé go deas luí ina leaba féin faoin *duvet* cluthar sa chlapsholas. Na héin ag cantain in ard a gcinn is a ngutha mar a bhíonn ag an am sin den bhliain. Mhothaigh sí go raibh sí ina nead féin, gur éinín beag í, go raibh sí ceart go leor.

Ach go raibh pian uafásach anois ina bolg. Agus, tar éis an chéad soicind nó dhó, bhí sí ar crith leis an bhfuacht, fiú faoin *duvet* mór tiubh. Agus bhí sí chun cur amach arís.

Rinne sí a slí go dtí an seomra folctha. Níor bhain sí amach é. Phléasc an tinneas amach ar an urlár. Bheadh uirthi é a ghlanadh suas sula bhfeicfeadh Eibhlín é. Fuair sí tuáillí ón seomra folctha. Is ansin a mhothaigh sí an fhuil ag teacht.

Mhúscail sí. Bhí an teach faoi dhorchadas. Ise ina luí ar an urlár. Fliuchras mórthimpeall uirthi.

Tharraing sí í féin in airde.

D'airigh sí níos fearr.

Ní raibh pian ina bolg a thuilleadh. Ní raibh masmas uirthi ach an oiread.

Las sí an solas.

Bhí urlár an tseomra folctha dearg le fuil.

Chuaigh sí i mbun oibre. Bhí báisín sa seomra, agus scuab. Ghlan sí an t-urlár, agus ansin rinne iarracht an phraiseach ar fud an halla a ghlanadh – rud nach raibh furasta, toisc go raibh brat ar an urlár ansin. Ach d'éirigh léi an chuid ba mheasa de a ghlanadh.

Chuir sí na tuáillí agus a pitseámaí féin i dtaisce i mála dubh plaisteach. Bheadh uirthi fáil réidh leo ar chuma éigin ach bheadh uirthi fanacht go dtí amárach.

Ar ais léi go dtí an leaba.

Fuil

Thit Aisling ina cnap ar an leaba. Bhí sí lag, í chomh traochta agus a bhraith sí riamh ina saol. Chonaic sí an fhuil ar an urlár adhmaid, agus bhí a fhios aici gur cheart di é a ghlanadh suas go tapa. Bhí a fhios ag cuid áirithe dá hintinn go raibh sé práinneach é sin a dhéanamh. Ach bhí a corp ag staonadh, á rá léi gurbh é an t-aon rud a bhí práinneach ná sos a thógáil, an t-aon phráinn a bhí anois ann ná codladh.

Agus b'in a rinne sí.

Bhreathnaigh sí ar an lochán beag dorcha, ag leathnú amach ar an adhmad snasta, ach dhún a súile as a stuaim féin. Ní raibh smacht aici orthu. Thit sí ina codladh agus chodail sí go trom trom go breacadh an lae.

Dhúisigh na héin í. Bhí siad ag canadh lasmuigh sna sceacha agus sna crainn, agus an ghrian díreach tar éis éirí. Níor dhún sí na cuirtíní aréir, agus bhí gatha órga na maidine ag sleamhnú isteach tríd an bhfuinneog, an solas ag damhsa sa scáthán ar an drisiúr bán a bhí ar aghaidh na fuinneoige amach. Bhí na buidéil bheaga cumhráin agus ungtha ag glioscarnach.

Nárbh aoibhinn an lá a bheadh ann!

Rith an smaoineamh trína ceann an soicind a mhúscail sí. Ach bhuail taom gruama í ansin. Cad a bhí uirthi? Ba ar éigean a bhí sí ábalta a cosa a bhogadh. Bhí siad mar a bheadh clocha, agus mar an gcéanna dá lámha. An amhlaidh a rinneadh dealbh di, agus í ina codladh? An amhlaidh a bhí sí ...

Níorbh amhlaidh.

Bhí sí in ann a lámh a bhogadh, ceart go leor, mar bhreathnaigh sí ar a huaireadóir, agus chonaic an t-am. Ceathrú chun a sé.

Smaoinigh sí ansin ar ar tharla aréir.

Bhreathnaigh sí ar an urlár. Bhí an fhuil fós ann, é leathnaithe amach anois. Ach ní raibh aon duine tar éis é a ghlanadh. Chorraigh sí sa leaba agus chonaic sí go raibh an braillín dearg freisin.

Tharraing sí í féin amach agus rinne an t-urlár a ghlanadh leis an mbraillín. Chuaigh sí amach ar an gceannstaighre. Bhí éadach leapa glan sa chófra te lasmuigh den seomra folctha. Ní raibh aon duine thart. Rinne sí a slí go mall síos an pasáiste agus d'oscail an cófra.

Bhí braillíní úra ina lámh aici nuair a d'oscail doras.

‘’Aisling?’

Theanntaigh Aisling na braillíní isteach chuici, ag clúdach a gúna oíche.

‘Cad atá á dhéanamh agat?’

Bhí Eibhlín ina gúna oíche freisin. Bhí a cuid gruaige trína chéile. Gan a cuid éadaí, agus an smideadh, bhreathnaigh sí níos sine ná mar a rinne de ghnáth. Sean agus traochta.

‘Faic. Ag fáil tuáille.’

‘Cén fáth? Níl sé ach a sé a chlog ar maidin.’

Rinne sí méanfach. Bhreathnaigh sí go géar ar a hiníon. Ach gan a spéaclaí níor thug sí an oiread sin faoi deara.

‘’Bhfuil tú ceart go leor? ’Bhfuil tú tinn?’

‘Beagáinín ach ní haon ní é.’ Smaoinigh sí go tapa. ‘M’aintín, tá a fhios agat.’

B’fhuath léi an focal sin, ar a fuil mhíosúil. Níor bhain sí úsáid riamh as. Ach bhí sé áisiúil anois.

‘Ó, a stór!’ Stad sí. ‘Téigh ar ais sa leaba agus déanfaidh mé cupán tae duit.’

‘Ná déan! Táim ceart go leor. Ba mhaith liom dreas beag codlata a bheith agam.’

Ghlac Eibhlín leis sin. Chuaigh sí ar ais go dtína leaba féin. Ghluais Aisling síos an pasáiste chomh tapa agus a bhí inti agus rinne iarracht na hiarsmaí a ghlanadh suas. Ní raibh an oiread fola ann agus a shíl sí. Chaith sí na rudaí salacha i mbun an vardrúis. Bheadh uirthi teacht ar sheift éigin chun fáil réidh leo ar ball. Nuair a bhí gach rud déanta chuaigh sí ar ais sa leaba. Ní raibh sí in ann codladh, agus bhí neart éigin anois ina corp.

Mhothaigh sí ceart go leor. Ní raibh pian ina bolg a thuilleadh.

Agus ní raibh sí torrach.

Bhí sí tar éis an beart a dhéanamh agus fáil réidh leis an rud a cuireadh inti. Ní bheadh a fhios ag Eibhlín go deo cad a tharla. Ní bheadh a fhios ag aon duine go deo – ach aici féin, agus duine amháin eile. Agus ar ndóigh na dochtúirí sin i Londain.

Agus Sara.

Luigh sí sa leaba, ag éisteacht leis an éanlaith. D'ardaigh a croí. Faoiseamh. Bhí sí saor arís, chun leanúint ar aghaidh lena saol féin. Lá éigin, sula i bhfad, bheadh sí neamhspleách, ar Eibhlín agus a tuairimí agus a rialacha, agus a cairde agus a comhghleacaithe. Daoine cosúil le hÉamonn, nár thuig cad a bhí ar bun acu féin. A bhí chomh measctha suas nár thuig siad cad a bhí ceart nó mícheart. Agus a bhrúigh a moráltacht mheasctha féin ar gach duine.

Éamonn.

Cá raibh sé?

Thar lear in áit éigin. Ag cur i gcéill arís. Ag ullmhú aghaidh fidil nua éigin chun an dallamullóg a chur ar dhaoine eile, agus air féin.

Lá éigin, amach anseo, bheadh Aisling ag dul thar lear freisin. Rachadh sí go tír éigin a thabharfadh cead di a sláinte féin a chosaint. Tír éigin nach ndaorfadh chun tinnis nó báis í, toisc gur éignigh fear éigin í. Tír a thabharfadh cosaint do chailíní agus do mhná, chomh maith le drochfhir agus a sliocht.

Luigh sí, ag éisteacht leis na héin ag canadh.

Nuair a tháinig Eibhlín isteach chuici ag a hocht a chlog, gan cnagadh ar an doras, tae ar thráidire aici in ainneoin a raibh ráite ag Aisling, rinne sí miongháire agus bheannaigh go béasach di.

Mórshiúl

Bíonn comhtharlúintí sa saol uaireanta a mbíonn cuma chinniúnach orthu, maith nó olc. Nó b'fhéidir nach mbíonn ann ach go gcuireann siad ag smaoineamh tú.

Seachtain i ndiaidh d'Aisling filleadh as Londain bhí ag éirí go maith léi. D'airigh sí sláintiúil ina corp agus ina spiorad – nuair a d'éiríodh léi an éagóir a rinneadh uirthi a dhíbirt as a smaointe. Agus bhí sé sin níb fhusa di anois ná mar a bhí cheana, roimh an nginmhilleadh. Ní raibh eagla uirthi a thuilleadh – eagla roimh an méid a tharlódh nuair a gheobhadh gach duine amach go raibh sí torrach, eagla faoin saol a bheadh aici ina dhiaidh sin, eagla roimh thinneas clainne, eagla roimh an saol a bheadh roimpi dá mbeadh leanbh aici. Bhí na cúraimí sin go léir curtha di. Ní raibh sí mar a bhí sular thosaigh an tromluí ar fad. Ach bhí sí i bhfad níos cóngaraí don áit sin ná mar a bhí sular thóg sí an t-eitleán go Londain.

Agus bhí sí tagtha chuici féin maith go leor chun luí isteach ar a cuid oibre arís. Chomh maith leis sin chaith sí roinnt ama in éineacht le Sara ag an deireadh seachtaine, ag dul timpeall na siopaí. Chuaigh siad go dtí na pictiúir. Bhí Sara ag siúl amach le buachaill nua ach ní raibh fonn ar Aisling caidreamh a bheith aici le haon duine faoi láthair. Ar aon nós bhí srian leis an saol sóisialta de bharr na scrúduithe i gcóngar na haimsire.

D'fhág Eibhlín fúithi féin í. Níor thuig Aisling go díreach cad ina thaobh a raibh sí éirithe as a bheith ag faire uirthi an t-am ar fad, agus á coimeád faoi ghlas. Ní raibh caint ar bith faoin scoil chónaithe, fiú. I ndáiríre, bhí an saol mar a bhí sé leathbhliain ó shin, sular tharla aon cheann de na himeachtaí a chuir casadh chomh mór ann.

Bhí sé aisteach.

Shílfeá gur thuig Eibhlín, ar leibhéal éigin, go ndearnadh éagóir ar a hiníon. Shílfeá gur airigh sí ciontach, b'fhéidir? Agus go raibh sí ag déanamh aithrí?

Ach conas a thuigfeadh sí? Conas a bheadh a fhios aici cad a tharla? Agus ní raibh ach duine amháin eile ar domhan a raibh eolas iomlán aige ar an scéal sin.

An amhlaidh a thuigeann daoine fíricí istigh ina gcroí, cé nach mbíonn aon chur amach acu ar na fíricí féin?

Cúis níos dóchúla le hathrú meoin Eibhlín ná go raibh sí bréan den bhruíon ar fad. Bhí sé mí-áisiúil a bheith ina garda pearsanta ar a hiníon ó thús deireadh an lae, agus ní raibh sé áisiúil ach an oiread a bheith in aighneas léi.

Chomh maith leis sin ar fad, bhí Eibhlín thar a bheith

gnóthach.

Bhí an ginmhilleadh sa nuacht arís – bhí sé sa nuacht go rímhinic, go rómhinic – agus an dá thaobh i mbun agóide, cé go raibh suim an phobail sna ceisteanna seo ag meath. D'éirigh siad bréan de seanscéalta an-tapa, cé gur leaganacha nua den scéal a bhí ag tarlú an t-am ar fad. Ach bhí siad ag éirí tuirseach de na leaganacha nua freisin. Cailín éigin i gcruachás. Guthanna arda feargacha sna meáin, ar feadh seachtaine. Díospóireachtaí idir leithéidí Eibhlín agus an dream a bhí 'Ar son Rogha', nó 'Ar son an Dúnmharaithe', mar a thug Eibhlín orthu. Bhí a fhios ag Aisling, mar a bhí a fhios ag gach duine, cé na pointí a bhí ag an dá dhream. Bhí an script de ghlanmheabhair ag gach duine sa tír faoin am seo. Agus deireadh an scéil ar eolas acu.

Ba chuma le daoine faoin gceist.

Mar sin féin, lean na gníomhaithe orthu ag gníomhú.

Ar nós aisteoirí i ndráma a léiríodh na mílte uaireanta cheana, chomh luath agus a d'ardaigh an cuirtín léim siad ar an stáitse agus rinne na seanlínte a aithris. Ar son Rogha, Ar son na Beatha. Na hiriseoirí, na polaiteoirí, na dochtúirí agus na breithiúna.

Agus an lucht éisteachta ag dul i laghad an t-am ar fad.

‘‘Bhfuil tú saor ar an Satharn?’ arsa Eibhlín. Bhí pasta á ithe acu, tráthnóna Déardaoin. Pasta Norma. Bhí an lá fós geal lasmuigh agus dathanna an earraigh ar na bláthanna sa ghairdín.

‘Mm,’ níor theastaigh ó Aisling a thuilleadh a rá go dtí go mbeadh a fhios aici cad a bhí i gceist.

‘Bheadh sé go hiontach dá bhféadfá lámh chúnta a thabhairt dom thart faoina trí a chlog.’

Rinne Aisling píosa spaigití a chasadh go cúramach ar a forc.

‘Cén saghas lámh cúnta?’

‘Cúpla bileog a sheachadadh, sin an méid. Ar feadh leathuair an chloig nó mar sin.’

Rinne sí gáire.

‘Má oireann sé duit, a chroí. Tá a fhios agam go bhfuil tú gnóthach.’

Smaoinigh Aisling. Bileoga? Bhí a fhios aici cad a bheadh sna bileoga sin. Ach b’fhéidir gurbh fhiú di cabhrú lena máthair ar feadh leathuair a chloig, ar mhaithe le saol bog.

‘Go hiontach! Réalt is ea thú!’

Thiomáin siad isteach sa chathair ar an Satharn, an carr lán le boscaí: bileoga agus póstaeir agus rudaí eile. Bhí athrú tagtha ar an aimsir agus bhí an spéir scamallach, liath, ach ní raibh an chuma air go mbeadh báisteach ann. Roinnt mhaith daoine sa chathair, ag siopadóireacht agus ag spaisteoireacht thart. Pháirceáil siad ar Chearnóg Mhuirfean.

'Sráid Chill Dara!' arsa Eibhlín, ag sá beart mór bileog isteach i mbaclainn Aisling. 'Tá siad ag máirseáil ar an Dáil.'

Thóg sí féin clár mór as an mbút. Pictiúr d'fhéatas air, ina luí i mbosca bruscair, ag cur fola.

Dúnmharfóirí!

a bhí scríofa ar an bpóstaer.

Cuir stop le hÁr na Leanaí Neamhurchóideacha!

Mhothaigh Aisling lag, nuair a chonaic sí é.

Bhí sí bán san aghaidh, ach níor thug Eibhlín faoi deara é. Thóg sí mála mór as an gcarr.

'Ar aghaidh linn!'

Shiúil siad trasna na sráide go dtí an Gailearaí Náisiúnta, i dtreo Shráid Chill Dara.

Iníon Z

Ba é ba chúis leis an taom nua gníomhaíochta seo ná go raibh cás truamhéalach eile a bhain leis an nginmhilleadh tar éis tarlú – go poiblí, is é sin le rá. Miss Z. De réir a scéil féin, d'éignigh a hathair féin Miss Z. Níor thuig sí go raibh sí ag iompar. Thug a máthair faoi deara é áfach agus cheistigh í. Nuair a dúirt Miss Z gurbh é a hathair faoi ndeara é níor chreid a máthair í agus chaith sí amach as an teach í. Thug a seanmháthair dídean do Miss Z agus thug sí chuig dochtúir í.

Bhí Miss Z ceithre bliana déag. Bhí sí an-tinn – ag cur amach go minic. Ní raibh sí ábalta leanúint ar aghaidh lena cuid scolaíochta de bharr an tinnis.

Dúirt an dochtúir lena seanmháthair go raibh Miss Z róbheag chun leanbh a iompar agus go raibh baol ann go ndéanfaí damáiste dá corp. Bheadh seans maith ann nach mbeadh ar a cumas leanbh eile a bheith aici go deo.

Ach ní raibh sé de cheart ag Iníon Z ginmhilleadh a fháil in Éirinn, mar nach raibh sí in ann a chruthú go raibh sí féin i mbaol báis.

Ba é an deireadh a bhí leis an scéal ná gur chruthaigh sí

é – chuir sí a lámh ina bás féin. Chroch sí í féin.

Mar a dúirt Eibhlín, bhí lá mór ag an eite chlé. An Ghluaiseacht ar Son an Dúnmharaithe. Ba bhronntanas ó neamh í Iníon Z, agus í crochta ó chrann ar nós seanlaoch. An mairtíreach mór ar a raibh siad ag feitheamh.

'Déanfaidh siad míol mór as seo gan aon agó!' a dúirt sí.

'*Is* scéal mór é,' arsa Aisling. 'Tá an cailín marbh.'

'Sin a deir siad,' arsa Eibhlín.

'A Mham!'

'Deir siad níos mó ná a bpaidreacha.'

Ag siúl a bhí siad, ón gcarr. Bhí an lá meirbh, cé go raibh sé gruama. Scamaill throma ar crochadh os cionn na gcrann. Cuma thiubh throm ar na crainn féin, cuma na tuirse orthu. Agus bhí an iomarca éadaí ar Aisling – seaicéad beag chomh maith lena t-léine. Bhí uirthi cur suas leis toisc go raibh a lámha gafa leis na bileoga.

Bhí Sráid Chill Dara plódaithe.

Ealaíontóirí ar Son Rogha

Scríbhneoirí ar Son Rogha

Bhí na daoine a bhí ag máirseáil cosúil leo siúd a bhíodh

ag máirseáil ar an taobh eile, ach amháin go raibh mná sa tromlach sa dream seo. I ndream Eibhlín, bhí coibhneas cothrom, a mheas Aisling, idir fir agus mná. Difríocht bheag eile ná go raibh líon na ndaoine óga – sna déaga agus sna fichidí – ar lámh amháin, agus na seandaoine, ar an lámh eile, i bhfad níos lú, sa slua seo. Mná óga, den chuid is mó, a bhí ag siúl síos an tsráid. Iad néata, gléasta i ngnáthéadaí – jíons agus geansaithe den chuid is mó, roinnt acu a raibh clár i lámh amháin agus scáth fearthainne sa lámh eile, ar eagla na heagla. Ní shílfeá, le breathnú orthu, gur ealaíontóirí ná scríbhneoirí ná lucht acadúil iad. Bhí siad díreach ar aon dul le haon duine eile.

Bhí siad gealgháireach. Iad ag caint agus ag comhrá eatarthu féin. Póstaeir lámhdhéanta mar a bheadh seolta san aer:

Ár gCORP, Ár nGNÓ!

Aisghair an tOchtú Leasú

Ag tosach an tslua bhí mná óga agus cásanna ar rothaí acu. Cás beag den déanamh céanna a bhí ag Aisling ach nár bhain sí úsáid as ag dul go Londain di, toisc nár fhan sí thar oíche. Ba é sin a dhéanaidís de ghnáth, na hÉireannaigh a fuair ginmhilleadh i Sasana.

DHÁRÉAG SA LÁ AG DUL THAR LEAR!

Théidís go dtí an t-aerfort, a gcásanna beaga ar rothaí acu. Cosúil leis na mná óga a bhíodh ar na heitleáin ag dul ar ghnó – chuig cruinnithe, chuig seimineáir, chuig comhdhálacha. Ba mhinic a thug Aisling na daoine sin faoi deara. Dea-ghléasta. Galánta. An chuma orthu go raibh an saol ag éirí go breá leo.

In éineacht leis na mná gnó, na mná ar saoire, na mná sna healaíona, na mic léinn, na mná acadúla, a tháinig trí na doirse san aerfort, bhí dháréag a bhí ag teacht abhaile tar éis ginmhilleadh a fháil i Sasana, dá mb'fhíor na staitisticí.

Ag ligean orthu.

Ag fanacht ciúin faoi.

Mná a raibh rún acu.

Málaí beaga ar rothaí acu. Rún ina gcroí. Agus sna málaí.

Ná habair!

Seans go raibh cuid de na mná ar an mórshiúl tar éis an turas sin a dhéanamh? Seans nárbh í Aisling an t-aon bhean óg ar Shráid Chill Dara a raibh an taithí sin aici?

Ní raibh an chuma orthu go raibh croí trom acu, go raibh rún dorcha á iompar acu. Go raibh siad ag mothú ciontach.

Shiúil siad, agus iad ag glaoch amach in ard a ngutha:

Cad atá uainn?

Deireadh leis an Ochtú Leasú!

Cathain atá sé uainn?

ANOIS!

Agus

Ní ag an Eaglais,

Ní ag an Stát!

Ag mná amháin,

Atá an ceart!

'Cén fáth ar tháinig muide anseo?'

'Chun seasamh i gcoinne an dream damanta seo,' arsa Eibhlín.

Bhí Aisling ceaptha seasamh ar chúinne Shráid Theach Laighean agus Shráid Dhásain. Is ansin a bheadh sí ag tabhairt amach na mbileog. Bheadh Eibhlín i gceartlár an aonaigh – ar ndóigh – lasmuigh de Theach Laighean.

Na bileoga.

LEABHAR NA BEATHA. PICTIÚIR ÁILLE DEN LEANBH SA BHROINN

Deir dochtúirí nach mbíonn gá riamh le ginmhilleadh chun beatha mná a shábháil.

Ar mo bhealach go dtí an clinic ginmhillte is ea a thuig mé an fhírinne!

Bhí na bileoga go deas. Ildaite, lán de ghrianghraif de bháibíní agus de mháithreacha óga. I bhfad níos snasta ná na rudaí a bhí ag an dream eile – bheadh náire ort na bileoga bochta, suaracha, a bhí acu, a scaipeadh, gan trácht ar an teachtaireacht a bhí iontu.

Sheas sí ag an gcúinne ar feadh deich nóiméad, ag féachaint ar an mórshiúl ag teacht aníos Sráid Dhásain agus ag casadh isteach i Sráid Theach Laighean, ag dul i dtreo Theach Laighean. Níor bhac sí le haon bhileog a thabhairt d'aon duine. Níor theastaigh uaithi. Bhí eagla uirthi. Bhí eagla uirthi go n-ionsófaí í. Nó – rud ba mheasa – go ndéanfadh cuid den dream seo fonóid fúithi.

Bhí Sráid Theach Laighean ag líonadh le daoine.

Ní raibh a fhios aici cén líon daoine a bhí ann. Trí mhíle, b'fhéidir. Bhí a fhios aici conas slua a chomhaireamh. Ghlac tú leis go raibh fiche duine i ngach líne, agus ansin rinne tú na línte a chomhaireamh i gceathrú cuid den spás a bhí lán ... sráid, de ghnáth. Ansin, mhéadaigh tú an méid sin faoi cheathair. Agus ansin, dá mba é do dhream féin a bhí i gceist, chuir tú trian den uimhir sin leis, agus dá mba é an namhaid a bhí ann, bhain tú trian de. Mar ní raibh aon duine in ann a bheith beacht faoi na huimhreacha seo, daoine ag máirseáil amuigh faoin aer. Ní raibh aon chlárú i gceist. Ní raibh sé ar aon dul le cluiche peile ná an amharclann ná aon ní mar sin. Slua mór, slua beag, slua idir eatarthu.

Bhí an slua seo mór.

Bhreathnaigh sí ar a huaireadóir. Ní raibh ach ceathrú uaire an chloig imithe thart. Bhí tuirse ag teacht uirthi, agus d'airigh sí saghas aisteach. Te agus fuar, amhail is dá mbeadh fliú ag teacht uirthi. B'fhéidir go raibh.

Bheartaigh sí na bileoga a dhumpáil áit éigin anois, agus deoch uisce nó rud éigin a fháil. Bhí caiféanna ar Shráid Dhásain. Dá bhféadfadh sí bosca bruscair a aimsiú. Ach ní raibh aon cheann le feiceáil. Bhí oibreacha bóthair ar siúl ar an tsráid agus bhí gach rud trína chéile dá bharr.

Ar son Rogha agus Bródúil as!

Bhí na gártha ag dul in airde agus an slua ag druidim le Teach Laighean, cé nach raibh aon duine istigh ann le cluas a thabhairt orthu.

Bródúil.

Sin an rud.

Ba bhreá le hAisling a bheith bródúil aisti féin. Bródúil go ndearna sí rud dúshlánach, go ndearna sí cinneadh, gur thaistil sí go Londain agus gur chuir sí deireadh leis an ngin a thosaigh sa tslí bhrúidiúil sin, in aghaidh a tola. Ach ní raibh cead aici a bheith bródúil. Bhí uirthi náire a bheith uirthi, agus scáth. Bhí uirthi an rud a choimeád faoi rún, go deo na ndeor, agus gan an rún sin a scaoileadh le haon duine.

'Hey! Aisling! Hey!'

Sara.

Sara, agus a máthair, agus buachaill Sara, agus cailín éigin eile. Bhí clár ina lámh ag an mbuachaill. *Deireadh le Leasú a hOcht.*

Breactha air le crián.

Dheargaigh Aising.

''Bhfuil tú chun siúl linn?' arsa Sara.

Chroith sí a ceann.

'Cad atá ansin agat?'

Thóg Sara ceann de na bileoga uaithi.

Bhreathnaigh sí go tapa tríd.

''Aisling!'

'Tá a fhios agat ...'

'Tá cead ag gach duine a tuairim féin a bheith aici.'

'Tá.'

Ní dúirt Sara an rud a bhí, cinnte, ina hintinn. Ach i do chás-sa, a Aisling, agus tú díreach tar éis ginmhilleadh a bheith agat, tá sé beagáinín iomarcach a bheith anseo ag scaipeadh na mbileog áirithe seo.

'Eibhlín...'

'*Yeah, yeah. Good night Eibhlín good night.*'

Bhreathnaigh máthair Sara uirthi go tuisceanach. Ach níor labhair sí.

Lean siad orthu, ag screadaíl, agus lean Aisling léi i dtreo áit éigin a bhfaigheadh sí sólaistí de shaghas éigin.

Ní raibh aon bhosca bruscair le feiceáil. Chaith sí na bileoga ar an talamh.

Bhí gaoth bhog ann agus scaip na bileoga ar fud na háite. Isteach sna poill a bhí tochailte ag na fir oibre. Isteach sna draenacha. Faoi chosa na ndaoine a bhí fós ag máirseáil.

Bhí áthas uirthi a bheith réidh leo.

Anois, uisce, uisce.

Chuala sí go raibh an slua tar éis ciúnú. Agus ansin thosaigh duine éigin ag caint. *I am so glad to see this enormous crowd* ... Is mar sin a thosaigh siad i gcónaí. Lean sí ag rá rudaí agus ansin ...

Pléasc.

Phléasc rud éigin.

Agus níor chuala Aisling aon rud eile an lá sin.

Grá

Bhí Eibhlín ag breathnú uirthi. Imní greanta ar a haghaidh.

Boladh.

Boladh. Cógas leighis. Insteallltaí.

Bhreathnaigh sí timpeall uirthi. Cuirtíní bándearga in ionad ballaí. Í ina luí ar leaba an-chúng, ard. Tralaí.

Leag Eibhlín lámh ar a clár éadain.

'A chroí! Tá tú ceart go leor anois.'

Táim ceart go leor. D'airigh Aisling go maith. Beagáinín lag. Beagáinín tuirseach.

Thit sí i laige. Nó tháinig taom de shaghas éigin uirthi. Tugadh anseo í, go dtí Ospidéal Naomh Uinseann, in otharcharr. Dhéanfaí í a scrúdú ar ball. Bhí siad an-ghnóthach, san aonad Timpistí agus Éigeandála.

'Conas a airíonn tú?'

Bhí a cuid éadaí fós ar Aisling.

'Go breá.'

'Deoch uisce?'

D'ól sí é le fonn. Bhí tart uirthi.

'Cé chomh fada agus a bheidh mé anseo?'

Bheadh orthu scrúdú a dhéanamh. Seans maith go scaoilfidís abhaile ansin í. Ach cárbh fhios cén uair? Níor chás práinneach í. D'fhéadfadh sí a bheith anseo go deireadh an lae. Go dtí amárach. Go dtí amanathar.

'Is é an trua nár tugadh go dtí an Charraig Dhubh thú. Ach nuair a thagann an t-otharcharr, is anseo a bhíonn ort teacht. Agus ní scaoilfidh siad leat go dtí go mbreathnóidh siad ort.'

'Ó!'

'Gheobhaidh mé cupán tae duit,' arsa Eibhlín. 'Ní dóigh liom go soláthraíonn siad bia ná tae do na hothair istigh anseo, san A&E. Ná cathaoireacha, fiú.' Sin é an fáth a raibh sí féin ina seasamh. Ní raibh cathaoir sa bhoiscín seo.

Tháinig dochtúir chuici ag a haon déag. Bhí Eibhlín as láthair ag an am – ar thóir cupán caife áit éigin.

Amin an t-ainm a bhí air. An Dochtúir Amin.

D'fhiafraigh sé di conas a mhothaigh sí.

Ceart go leor.

D'fhiafraigh sé di cad a tharla.

Thit sí i laige. Tháinig otharcharr.

***

D'éist an dochtúir lena croí. Bhreathnaigh sé ar na torthaí a bhí ann cheana féin, maidir lena cuisle agus a brú fola.

'Ar tharla aon rud mar seo duit cheana?'

Dúirt Aisling nár tharla.

'An raibh tú tinn le déanaí?'

'Conas?'

Rinne an dochtúir a ghuaillí a shearradh.

'Fliú? Slaghdán?'

'Ní raibh.'

'An itheann tú?'

'Cad atá i gceist agat?'

'An bhfuil tú ag iarraidh meáchan a chailleadh? An bhfuil

tú ar réim bia?'

'Níl.'

Sheas sé soicind, ag breathnú uirthi.

Chuir banaltra a ceann isteach sa chubhachail agus dúirt:

'Cubhachail a sé. Práinneach.'

Labhair an Dochtúir Amin go tapa.

'Ní dóigh liom gur aon rud mór é. Bhí tuirse ort, bhí tú gann ar uisce, thit tú i laige. Tarlaíonn sé, go háirithe ag an aois ... tá tú sé bliana déag?'

Rinne sí a ceann a chromadh gan aon rud a rá. Bhí a dáta breithe ar an gcomhad ach ní raibh sé léite aige.

'Tá cead agat dul abhaile. Má airíonn tú aon rud neamhghnách, tar ar ais anseo nó téigh go dtí do dhochtúir féin. Ceart go leor?'

Chas sé ar a shála.

Ansin chuir sé a cheann isteach aris, timpeall imeall an chuirtín.

''Bhfuil aon duine anseo in éineacht leat?'

'Tá. Tá mo mháthair anseo.'

'Oíche mhaith, más ea.'

Agus d'imigh sé leis, ar nós coinín ag rith as poll.

Sa charr, agus iad ag tiomáint abhaile i ndorchadas na hoíche, d'inis sí d'Eibhlín.

'Bhí ginmhilleadh agam.'

Lean Eibhlín léi ag tiomáint.

Ní raibh trácht ar bith ar an mbóthar. Bhí na crainn ar nós taibhsí ar thaobh an chosáin. Na tithe arda faoi dhorchadas.

Lean Aisling ag caint.

'Coicís ó shin. Chuaigh mé go Londain agus rinneadh obráid orm. Is cuimhin leat an lá sin ar tháinig mé abhaile déanach, nuair a bhí mé tinn.'

Lean Eibhlín ag tiomáint.

Trasna na Canálach Móire. Isteach sa chathair. Bhí soilse sna foirgnimh anseo, tacsaithe ar na sráideanna, corrdhuine ag siúl.

'Sin é an fáth ar thit mé i laige, sílim. Táim fós ag teacht aniar as, ag teacht chugam féin.'

Ní dúirt Eibhlín focal. Lean sí ag tiomáint. Trasna na Life.

Bhí na sráideanna bríomhar go leor anseo. A lán daoine fós thart. Cailíní agus buachaillí óga, fir agus mná, fós amuigh ag spaisteoireacht, ag siúl abhaile, ag feitheamh ar thacsaithe. Soilse geala ildaite ag damhsa ar an uisce.

An gluaisteán trom le ciúnas.

Ní raibh aon rud eile le rá ag Aisling.

Bhí a cuid ráite aici.

Mhothaigh sí éadrom arís. Faoiseamh de shaghas eile.

Faoiseamh na faoistine.

Cé nár thuig sí go hiomlán cén fáth ar scaoil sí leis an rún le hEibhlín.

Spadhar tobann, tar éis imeachtaí uile an lae chinniúnaigh seo?

***

Shroich siad an baile.

Bhí na crainn ar an mbóthar, na crainn mhóra, ag siosarnach ar nós taibhsí i ndorchadas na hoíche. Gealach úr sa spéir dhúghorm. Bhí an teach dorcha, ciúin, ag feitheamh.

Fáilteach, i gcónaí.

An t-aer fionnuar, meirbh. Lár mhí Bealtaine.

D'oscail Eibhlín doras an tí.

Sheas Aisling ar an tairseach. Bhris ar a foighne.

''Bhfuil tú chun aon rud a rá, a Mham?'

Thug Eibhlín barróg di.

'Tá brón orm, a chroí! Tá brón orm.'

Thosaigh Eibhlín ag caoineadh. Níor thaitin sé riamh le hAisling a máthair a fheiceáil ag gol. Chuir sé náire uirthi nuair a tharla sé, ar chúis éigin. An rud ba phráinní ná stop a chur leis an gcaoineadh.

'Cad atá ort?' arsa Aisling, go borb.

Chaoin Eibhlín ní ba mhó.

'Ar mhaith leat cupán tae?'

An réiteach a bhíodh ag Éamonn ar na cúrsaí seo.

D'ullmhaigh Aisling tae. Shuigh Eibhlín ar an tolg agus diaidh ar ndiaidh thriomaigh na deora. Thug Aisling cupán tae di – ní dhearna sí dearmad roinnt mhaith siúcra a chur ann. Tae milis an leigheas ar gach cruachás.

Chrom sí ar shleamhnú amach as an seomra.

'Fan!' arsa Eibhlín. 'Caithfidh mé rud éigin a insint duit.'

Ní raibh fonn ar Aisling aon rud a bheadh le rá ag a máthair a chloisteáil. Ach d'fhan sí sa seomra.

'Suigh anseo in aice liom.'

Ní dhearna. Ach shuigh sí ar bhord na cistine, cóngarach go leor d'Eibhlín.

'An chéad rud atá le rá agam, ná gur tusa an duine is tábhachtaí i mo shaol,' arsa Eibhlín. 'Tá grá thar cuimse agam duit. Is cuma cad a dhéanann tú, maithim duit é.'

Níor labhair Aisling.

'Theastaigh uaim clann mhór a bheith agam,' arsa Eibhlín.

'Uaitse? Agus cad faoi Dhaid?'

'Ó, Daid!' Uaireanta shílfeá nach raibh in Daid dar le hEibhlín ach gaol i bhfad amach, col seisear nó a leithéid. 'Sea, bhí seisean sásta leis an bplean sin. Triúr leanaí a bhí uainn. Shíl mé i gcónaí gur uimhir dheas é trí, agus go bhfuil sé go deas triúr a bheith i dteaghlach ar bith.'

Triúr a bhí i dteaghlach Eibhlín agus í ag fás suas.

'Cad a tharla?'

'Tubaiste. Faic. Ní rabhamar bliain féin pósta nuair a saolaíodh tusa. Ní raibh fadhb ar bith leis an mbreith agus bhí tú i mbarr na sláinte i gcónaí. Shíl mé go raibh sé chomh simplí le bulóg a chur san oigheann páiste a bheith agam.'

'Sea!' arsa Aisling. Níor thóg sé mórán, éirí torrach. Uair amháin agus tharla sé di siúd.

'Ach tar éis an chéad uair úd, ní raibh sé simplí in aon chor. D'éirigh mé torrach trí huaire eile. Agus gach aon uair chaill mé an ghin tar éis dhá mhí.'

'Ní raibh a fhios agam.'

'Ní haon ní é a insíonn tú do pháiste.'

Stán Eibhlín amach an fhuinneog. Ní raibh le feiceáil ach an oíche dhubh. Agus rud amháin eile. An cat, ag scríobadh an dorais, ag iarraidh teacht isteach. D'oscail sí an doras agus scaoil isteach é. Bhí sé ag iarraidh bia ansin agus chuaigh sí go dtí an cuisneoir chun an *pâté* a fháil dó.

'B'fhéidir gurb é sin an fáth nach dtuigim dóibh siúd a bhíonn ag iarraidh deireadh a chur lena dtoirchis. Tá an oiread sin daoine nach bhfuil ar a gcumas leanbh a bheith acu.'

Líon Aisling mias an chait leis an bia. Chrom sé ar é a alpadh siar.

'An dtuigeann tú?'

'Ní thuigim,' arsa Aisling.

Ach ní raibh sé sin fíor ar fad.

Cóitín dearg 2

Ní raibh ciall ar bith le fanacht sa bhaile agus í gléasta le dul amach.

Ní raibh Sara ar fáil. Bhí Conall tar éis í a dhumpáil. Oíche dé Sathairn tar éis na scrúduithe bréige, tús bhriseadh an earraigh. Cén saghas duine a d'fhanfadh sa bhaile ag breathnú ar an teilifís?

Loser. Ní fhanann iarlaisí sa bhaile oíche Shathairn. Ná banphrionsaí.

Isteach sa chathair léi ar an mbus. Shiúlfadh sí timpeall. D'fhéachfadh sí ar scannán. Ní fhaca sí scannán sa phictiúrlann ina haonar riamh cheana, ach cén fáth nach ndéanfadh anois? Ní raibh a fhios aici cad a bhí ar siúl ach ba chuma. Bheadh rud éigin maith le feiceáil.

Bhí Barra an Teampaill plódaithe. Muintir na cathrach, cuairteoirí, ag siúl timpeall, ag lorg áit le dul ag ithe nó ag ól nó cá bhfios? Ag spaisteoireacht thart gan aidhm ar bith acu ach atmaisféar na háite a shú isteach. Ceoltóir ag seinm bosca ceoil ar thaobh na sráide. Bheadh Lá 'le Pádraig ann sula i bhfad agus bhí na sluaite turasóirí thart.

Bhí sé a seacht a chlog agus fós geal. Bhí an tráthnóna bog go leor.

Nárbh álainn an chathair í, an tráth seo den lá!

Tháinig ardú meanman uirthi.

Bhreathnaigh sí isteach i bhfuinneoga. Pictiúir sna gailearaithe. Seoda sa cheardlann. Bréagáin daite déanta as adhmad i siopa eile.

Níor theastaigh uaithi aon ní a cheannach. Ba leor a bheith ag breathnú, a bheith i measc na ndaoine, aonad i measc na n-aonad uile a bhí san áit iontach seo. An chathair.

Is anseo a d'airigh sí ar a compord.

Nuair a bheadh sí fásta, gheobhadh sí árasán sa cheantar seo. Chaithfeadh sí a saol i gceartlár an bhaile, ní amuigh sna bruachbhailte ciúine. Bheadh sí ina healaíontóir de shaghas éigin. Bheadh siopa aici, nó ceardlann, nó gailearaí. Nó bheadh post aici in áit éigin mar sin.

Bhí na smaointe seo ag rith trína ceann agus í ag siúl síos an phríomhshráid, Barra an Teampaill féin. Ní raibh a fhios aici go díreach cá raibh a triall. Shíl sí go gcasfadh sí isteach ar Shráid an Iústásaigh, féachaint cad iad na scannáin a bhí ar siúl san IFI. Ní raibh sí tar éis a bheith ansin ach uair nó dhó ina saol, ach shíl sí gur mhaith léi dul ann arís. Áit shofaisticiúil a bhí ann, ina mbíodh scannáin neamhghnácha á dtaispeáint. Shíl sí.

Bhí sí díreach ar tí casadh isteach ar Sráid an Iústásaigh nuair a bhuail sí leis.

Éamonn.

Bhí áthas air í a fheiceáil.

'Shíl mé go raibh tusa fós i ngéibheann!' a dúirt sé. 'Cad a tharla?'

Bhí náire uirthi dul isteach sa scéal. Shearr sí na guaillí.

D'fhiafraigh sé di cá raibh a triall. An raibh sí ag bualadh le haon duine? Nuair a mhínigh sí go raibh sí ina haonar, thug sé cuireadh di greim bia a ithe leis.

Ní raibh ocras ar Aisling. Ach ghlac sí leis an gcuireadh. Cén fáth nach ndéanfadh? Bheadh sé go deas béile beag a ithe i mbialann éigin. Agus thaitin sé léi a bheith i gcuideachta Éamoinn. Bhí sé furasta a bheith ag caint leis, níorbh ionann agus daoine fásta eile. Chuir sé ar a suaimhneas i gcónaí í.

'Go hiontach. Is féidir linn comhrá ceart a bheith againn!'

Ansin thosaigh siad ag cuardach bialainne.

Elephant and Castle a chéadrogha féin.

Ach bhí sé lán go doras agus ní bheadh bord saor go ceann uair an chloig.

Ansin bhain sé triail as The Rustic Stone. Ach, faraor, ní raibh spás ansin ach an oiread.

'Féach, tá an áit Iodálach sin folamh,' thaispeáin Aisling bialann bheag dó.

'Ní maith liom bia Iodálach,' a dúirt sé go diongbháilte.

Shiúil siad timpeall ar feadh tamaillín eile. Bhí sé ag éirí dorcha agus beagáinín fuar. Mhothaigh Aisling go raibh a cuid fuinnimh ag trá, agus an t-aoibhneas ag sleamhnú ón tráthnóna. Bhí an tóraíocht bialainne ag éirí leadránach, fadálach.

Mhothaigh Éamonn an rud céanna.

'Tá a fhios agam.' Bhí ceist ina shúile móra. 'Tá m'árasán i bhfoisceacht deich nóiméad den áit seo. Tá cáis agam agus sailéad agus rudaí. Ar mhaith leat bualadh isteach agus béile a ithe liom, i mo nead bheag féin?'

Mhothaigh Aisling amhrasach. Ní raibh a fhios aici cén fáth. Ach,

'Ceart go leor,' a dúirt sí.

Bhí árasán aige ar na céanna cois Life, cóngarach don Mhúsaem.

Thrasnaigh siad gairdín a bhí lán le crainn, cosúil le coill i lár na cathrach. Foirgneamh cuibheasach mór. Bhí a árasán ar an gcúigiú hurlár. Clapsholas.

'Bain díot an cóta.'

A cóta dearg. Cóta an bhanphrionsa.

Bhí an t-árasán fuar. Ach rinne sí mar a ordaíodh di.

Thóg sé an cóta agus chuir i seomra éigin eile é.

Thug sé cuireadh di suí ar an tolg. Tolg mór le clúdach leathair. Sleamhain.

Las sé coinneal.

'Anois mhuis! Braon fíona don seanduine!'

'Ní ólaim fíon.'

Níor chuala sé í, de réir dealraimh. Líon sé gloine dó féin, agus leathghloine di siúd. Shín chuici é agus chuaigh ar ais go dtí an chuid den seomra ina raibh trealamh na cistine.

D'ól sí braon. Bhí blas aisteach air. Chuir sé iontas uirthi gur thaitin an deoch seo leis, agus le daoine eile.

Bhí Éamonn ag útamáil i gcófra sa chistin.

'Pasta!' ar seisean. 'Pasta Bolognese!'

'Ach ...'

'Níl aon rud eile agam.'

Sailéad? Cáis?

'Beagáinín leitíse.'

Bhí an teas curtha ar siúl aige ach bhí sí fós beagáinín fuar. D'éirigh sí ina seasamh agus bhreathnaigh amach an fhuinneog. Thíos fúthu, an abhainn, ag lonrú, dorcha anois, soilse ag rince san uisce. Na díonta ag bagairt a gcinn os cionn a chéile. I bhfad i bhfad uaithi, na sléibhte dubha, ísle.

'Tá radharc deas agat,' a dúirt sí.

'Breathnaigh ar mo chuid leabhar,' a dúirt sé. 'Fad atá tú ag feitheamh leis an mbéile iontach seo.'

Bhí cófra mór leabhar ar bhalla amháin.

Imleabhair mhóra a raibh baint acu le dlí ar na seilfeanna ísle. *Divorce Law in Ireland. Family Breakdown: a Legal Guide. Ireland and the European Convention on Human Rights. Tort Law in Ireland.*

I lár baill, bhí gnáthleabhair. Úrscéalta. Maeve Binchy. Marian Keyes. Declan Hughes. Benjamin Black.

'Cad iad an scríbhneoirí a thaitníonn leatsa?' Bhí sé ag

draenáil an phasta trí chriathar.

'Mm. Is maith liom Jane Austen. Colm Tóibín. Mary Costello.'

Luaigh sí údair a bhí sa nuacht le déanaí.

'Níl siad léite agam.'

Ní raibh siad léite ag Aisling féin ach an oiread.

Bhí leabhair ealaíon ar na seilfeanna is airde.

The Perfumed Garden. Sir Richard Burton.

Erotic Art and Pornographic Pictures.

Chuir sé ionadh uirthi go mbeadh a leithéid ag aon duine, ach go háirithe ag Éamonn. Bhí sí fiosrach. Thosaigh sí ag tarraingt *The Perfumed Garden* amach ón tseilf.

Go tobann, bhí Éamonn ag a gualainn.

Thóg sé féin an leabhar anuas. Rinne sé gáire. Sa leathdhorchadas – ní raibh ach coinnle sa chuid seo den seomra – bhí a chuid fiacla thar a bheith bán. Bhí siad ar nós marmair.

'Táim an-bhródúil as an leabhar seo,' a dúirt sé. 'Cóip de lámhscríbhinn a rinneadh sa dara haois déag sa Túinéis. Féach!'

D'oscail sé leathanach ar a raibh pictiúr de bhean agus fear ina luí le chéile ar leaba nó ar tholg.

'Nach bhfuil siad gleoite?'

D'fhan sé ag breathnú ar an bpictiúr tamaillín. Ansin dhún an leabhar de phlab agus chuir ar ais ar an tseilf é.

'Bia!' a dúirt sé. 'A chailín chóir, tarraing aníos cathaoir agus bí ag ithe agus ag ól.'

Nár mhór na fiacla a bhí aige! Mór, díreach, chomh bán le marmar.

Agus géar.